百家小集

不成样子的扯淡

李建军 著

SPM 南方出版传媒
广东人民出版社
·广州·

图书在版编目（CIP）数据

不成样子的扯淡 / 李建军著. —广州：广东人民出版社，2019. 1
（百家小集）
ISBN 978-7-218-13244-0

Ⅰ. ①不… Ⅱ. ①李… Ⅲ. ①中国文学—当代文学—文学评论—文集 Ⅳ. ①I206. 7-53

中国版本图书馆CIP数据核字（2018）第252350号

BUCHENG YANGZI DE CHEDAN
不成样子的扯淡 李建军 著

出 版 人：肖风华

责任编辑：向路安 季 东
装帧设计：张绮华
排 版：广州市友间文化传播有限公司
责任技编：周 杰 周星奎

出版发行：广东人民出版社
地 址：广州市大沙头四马路10号（邮政编码：510102）
电 话：（020）83798714（总编室）
传 真：（020）83780199
网 址：http://www. gdpph. com
印 刷：恒美印务（广州）有限公司
开 本：889毫米×1194毫米 1/32
印 张：8 字 数：150千
版 次：2019年1月第1版 2019年1月第1次印刷
定 价：49.00元

如发现印装质量问题，影响阅读，请与出版社（020-83795749）联系调换。
售书热线：（020）83795240

自序

我曾经做过很多梦，但却从来没有将成为当代文学研究专家，当作自己的梦想。我读硕士和博士的专业，都是文艺学。在我看来，文艺学研究更自由，更有趣；它正像陆机在《文赋》中所说的那样，“课虚无以责有，叩寂寞而求音”，致力于对文学规律性问题的把握，可以自由地介入任何一个文学研究领域，可以将所有文学现象当作自己的研究对象。

中国当代文学研究当然很有趣，也很重要，但却是地位最低、最受歧视的学科。坊间流传着这样一个笑话，说学术界存在着这样一条“鄙视链”：研究文学理论的，看不起分段研究文学史的；研究外国文学的，看不起研究中国文学的；研究中国古代文学的，看不起研究中国现代文学的；研究中国现代文学的，看不起研究中国当代文学的。还有人如此刻薄地表达过对中国当代文学研究的鄙夷和不屑：“感冒无药可治，所以世间的感冒药最多；现当代文学最没有研究价值，所以研究现当代文学的人最多。”

这样的学科歧视，当然是没有道理的。事实上，当代文学研究不仅很重要，而且难度很大。因为，当代文学研究的对象，是现在进行时态的文学。研究当代文学意味着巨大的阅读量，意味着你必须关注古今中外的文学。就像上游的水不会受下游的水质影响，而下游的水质必然会受上游的水质影响一样，一个研究古代文学的人，完全可以不读当代作家的作品，但一个研究当代文学的人，却不能不读古代文学作品。研究当代文学的学者，倘不大量阅读当代作品，倘不熟悉古今中外的作家作品现象，那么，他就无法建构起一个开阔的比较视野，他的研究的深度和有效性，也就要大打折扣。

其实，当代文学研究的难度，还不在阅读量之大，也不在关注面之广，而在它要求研究者要有成熟的判断能力和评价能力。对于那些已经处于完成状态的文学现象来讲，一切都已定型，且有大量的信息和资料可作依凭，研究者无须面对一部作品，做“第一个吃螃蟹的人”；但是，处于生成过程的当代文学，却面孔模糊，性质不明，很难把握，研究这样的新鲜的文学现象，既考验着研究者的趣味和鉴赏力，也考验着他的人格和德性。你要有过人的勇气，要摆脱人情世故的缠绕。他们就站在你的对面，像笔尖一样锐利的眼睛，紧紧地盯着你的嘴巴，看你如何评价他的作品。一个时代的整体性的文化氛围，消费主义时代的市场逻辑，也微妙地影响着你的态度和感受，干扰着你对作品的基本判断和最终评价。

我想要说的，就是这样一个事实：当代文学研究并不是轻松容易的“静态研究”，而是艰难复杂的动态批评。它所面对的，不仅是作品，还有作者。在一个冲突性的对话情景里，求真的批评甚至就意味着对抗，意味着伤害，意味着冒天下之大不韪，意味着成为众矢之的甚至“人民公敌”。

然而，很多时候，我们的当代文学研究和文学批评，却是高度“和谐”的，是皆大欢喜的。研究者与被研究者之间，批评者与被批评者之间，处于一种异化性的“认同关系”模式。没有不满，没有质疑，没有抗辩，没有拒绝。在掌声和鲜花构成的喜气洋洋的欢乐氛围中，在文学“大奖”的令人目眩的光环下面，那些备受推赏的当代作家感觉良好，飘飘欲飞。他们只有“朋友”，没有“敌人”，于是，他们也只有快乐和停滞，而没有焦虑和进步。他们缺乏真正成熟而严肃的读者，缺乏敢于质疑和坦陈己见的对话者。他们成了一群幸福而又不幸的人，因为他们生活在被人群簇拥的孤独状态里。

由于种种复杂的原因，中国当代文学仍然停留在不成熟的发展状态，停留在对他者经验的简单化的模仿阶段。我们虽然努力摆脱了“三突出”之类的僵化模式——事实上，有的作家仍然在用这样的方法写作，例如《大秦帝国》就属于“三突出”模式的小说，但是，由于彻底否定自己民族的文学传统，我们时代的文学长期处于“拔根状态”。走出解冻状态，我们将目光转向西方。我们怀着好奇而急切的心情模仿西方的现代主义文学。某些著名作家简直就是用汉语来写西方小说。这样的文学显得既肤浅又虚假。中国文学期待自我意识的觉醒和自我个性的成熟。我们需要恢复汉语文学的尊严，需要建构“中国格调的大文学”。

我的文学批评理念，就建立在这样的基本认知和判断上。我希望，我们的当代作家能认识到自己的局限和问题；我希望，中国的当代文学能自觉和成熟起来。关于文学批评的基本理念，关于文学批评在当下的境遇，关于批评家的责任伦理，关于我与某些作家和批评家的“冲突”，许多年来，我零零星星写过不少文章。

本来，将这些文章裒为一集，老老实实地题名为《论文学批评》，是最为妥实的选择。但是，透过表象来看，我的这些文章内里，分明表达着对一种文学风气的不满。这是一种在文学创作和文学批评上都并不鲜见的庸俗的文学风气。它体现着一种可怕的市侩哲学，那就是“成功即一切”。在这样的风气里，对利益的追求压倒了对真理的热爱，市场的交换原则取代了真理的绝对原则。

在当下的多种样态的文学性表达中，我们经常会看到言不及义而又煞有介事的胡扯。这种用时髦的话语包装起来的胡扯，就是美国学者法兰克福所说的“扯淡”（bullshit）。正像法兰克福在《论扯淡》中所指出的那样，“在我们的文化里，最突出的特征之一就是：有太多的人在‘扯淡’”。“扯淡”的典型特点，就是不在意“真实”，只在意自己的“企图”和“目的”。扯淡者几乎都是法利赛人。对他们来讲，当下的现实利益高于一切，所以，他“不在乎自己说的话是否正确地描述了事实，他只挑选或编造符合他目的的话”。有必要指出的是，一切形式的扯淡，都意味着侮辱。它不仅侮辱人们的人格，也侮辱人们的智商；不仅侮辱听者和读者，而且更加严重地侮辱言说者。

为了表达自己对文学上种种“扯淡”现象的不满，为了引起大家对“扯淡”现象的警惕，我接受朋友的建议，索性将这本薄薄的小册子题名为《不成样子的扯淡》。如此命名，虽然略显唐突，或贻“野哉”之讥，但是，循名责实，似乎也还不失恰切。

我希望，这本小书，能对读者理解我们时代的文学批评和文学写作状况，提供一点有价值的信息和微末的帮助。

李建军

二〇一八年七月二十五日，北京北新桥

目次

为什么需要纯批评

苏格拉底说，未经思考的生活，是不值得过的。诗意的生活决定于可靠的思想。如果没学会思考，人类就不可能有自觉的生活。正是从学会思考的那一刻起，文明意义上的人，才诞生了，文明意义上的人类生活，才开始了。所以，如果限制、剥夺人类思考和批评生活的权利，如果人类因为种种原因而丧失思考和批评的能力，那么，人类的生活将陷入可怕的愚昧状态和严重的混乱状态。

文学就是人类思考和批评生活的一种方式。如果说，文学创作是对生活的感受、反思和批评，那么，文学批评则是对文本以及它所叙述的生活内容的感受、反思和批评。然而，关于创作和批评，似乎一直就存在厚此薄彼的偏见。在许多人的心目中，文学创作是原创性的，更为高级，而文学批评则是寄生性的，较为低级，因而，比较起来，搞批评就是一件较为容易的事情——只要具备基本的阅读能力，就可以对任何一本书籍发表自己的意见，就可以轻轻松松地做一个批评家了。其实，文学批评并不是一种很容易掌握的体裁样式；它本质上是一种需要付出艰苦的努力才能认知和掌握的科学。

当然，文学批评的科学性，有着不同于自然科学的特性。批评家在分析和评价作品的过程中，不可避免地要表现出自己的趣味倾向和价值理念，必然会表现出自己的情感态度和道德立场。一个好的批评家，无须压抑甚至排除自己的这些主观因素，而是要努力将它升华为一种对文学的纯粹而深沉的爱的情感。批评家工作的成败得失，最终就决定于他对文学和艺术的热爱达到了怎样的高度和深度，因为，正像普希金在《论批评》中所说的那样："一个批评家，如果没有对艺术的纯洁的爱，那么，不管他在批评中奉行什么样的原则，他就必然会沦入被卑鄙、自私的动机所任意摆布的人群中去。"一个批评家如果缺乏纯粹的态度，缺乏对文学的"纯洁的爱"，那么，他的文学批评就不可能具有纯粹而高尚的性质，就很难成为真正意义上的批评。

纯粹的批评意味着尺度和标准的严苛，意味着态度的尖锐性和彻底性。诗人哲学家张中晓在《无梦楼随笔》中谈到

“有所创见的思想体系”的时候说：“彻底性，正如独创性和尖锐性，永远使思想产生吸引力。永远反对冗长、平庸、枯燥、无味和空洞。反对思想的模糊，模棱两可。”纯粹的文学批评，就是严格而尖锐的批评，而不是模棱两可的批评，更不是一味笑脸向人的批评。别林斯基曾经在《论〈莫斯科观察家〉的批评及其文学意见》中区别过“对读书的爱好”和“对文学的要求”之间的不同，在他看来，尺度严格的要求，乃是文学产生的前提条件：“只有等到我们的读书界变得人数众多起来，求全责备和严厉苛刻起来的时候，文学才会出现。”

严格，越是面对“有影响力的作家”，越是要严格，这是纯粹的文学批评最重要的特点，因为，没有这种严格的尺度和严肃的态度，我们就无法认识真正有价值的文学，就会把失败的作品，当做学习的榜样，就很难最终成熟起来。屠格涅夫在《回忆别林斯基》中说：“别林斯基以和蔼的谦虚和同情的温暖来鼓励他认为有才能的新进作家，扶助他们最初的进展；可是，对他们往后的创作他就严格起来，无情地指出他们的缺点，以一视同仁的公正态度驳斥或者赞扬。”对一个真正的批评家来说，这样的误解和伤害，实在是不足萦怀的，因为，为那些伟大的事物和价值付出任何代价，都是值得的。一八三七年，别林斯基在给克拉耶夫斯基的信中说：“……在我看来，说你不想说的话，用自己的信念投机，这不仅不如沉默和忍受贫困，甚至不如干干净净地死掉。”对文学批评抱着如此庄严的态度的批评家，就是纯粹意义上的批评家；包含着如此庄严的态度的文学批评，就是纯粹的文学批评，——虽然我一直对“纯文学”理论不以为然，但是，我很愿意仿照“纯文学”这一术语，把以别林斯基为典范的文学批评，命名为“纯批评”。

其实，所谓“纯批评”，也并不是一个新鲜的概念。几十年前，一个叫瑞恰慈的英国批评家，早就用过一回了。“新批评”理论里的“纯批评”（pure criticism），把文学作品当做文学批评的“本体”和“客观”对象，排除包括读者、作者、社会和历史背景以及“意图”在内的一切非文学因素。显然，这样的“纯批评”，与我所说的“纯批评”，是大不相同的。在我看来，将作品当做批评解剖的主要对象，无疑是对的，但是，如果忽略甚至排除对包括读者、作者以及社会和历史背景在内的关联性因素的关注，那么，文本批评的有效性，就要大受影响。所以，我的“纯批评”观，在方法上，固然也吸纳“新批评”的文本细读和修辞分析的经验，接受它对语言的“咬文嚼字”的认真态度，但却主要是一种针对当下文学批评的庸俗化而提出来的主张，意在强调求真精神和专业精神对于文学批评的重要性。而我虽在自己的书里嵌入了“纯批评”，但毫无自必和自是之意，只是觉得它比别的概念，更能体现一种热忱而执着的批评精神，更能显示文学批评所固有的伦理精神。

我们时代的文学，并不完美，也并不成熟。

我们需要更好的文学，需要更优雅、更美好、更有教养的文学。

然而，在这样一个过度娱乐化的时代，在这样一个极端功利主义的时代，这样的文学还能产生出来吗？我们的文学还有希望吗？还有可能更好吗？

现实是梦想之树上的花果。只要理想之火不熄，一切皆有可能。

文学批评：求真，还是“为善”？

一

中国文化里，似乎存在着这样一个矛盾现象，那就是，它一方面强调中庸，一方面却又表现出极端的“排中”性，倾向于用二元对立的思维方式，先把世界划分成两个相互冲突的部分，然后，在二者之间做出一个非此即彼的选择。

例如，“求真”与“为善”、“正直”与“忠厚”，本来不是互不兼容的，但是，在中国文化的阐释语境里，却常常被视为对立的关系。吕坤在《呻吟语》中说：“正直者必不忠厚，忠厚者必不正直。正直人植纲常扶世道，忠厚人养和平培根本。然而激天下之祸者，正直之人；养天下之祸者，忠厚之过也。此四字兼而有之，惟时中之圣。”所谓“时中之圣”是近乎超人的，所以，对于常人来讲，“兼而有之”的境界，几乎是无法企及的，如此一来，最后的结果便只能是，要么为了“求真”而做一个“正直”而不“忠厚”的人，要么为了“为善”而做一个“忠厚”而不“正直”的人。

其实，对任何形式的批评来讲，“为善”与“求真”并不矛盾。虽然批评的首要任务，是说真话与求真理，但却是寓善于真的——批评家通过说真话，来体现自己的善念，来实现求善的目的。一个批评家，如果不能求真，不敢说真话，那么，也就别指望他能在文学的意义上“为善”，因为，虚假的判断里，只有“伪善”，没有别的。当然，与寻常意义上的“与人为善”不同，批评所“为”之“善”，是一种更高意义上的善，而不是庸俗的人情关系意义上的善。

有道是：“顺了人情公道亏。”批评家倘若想说真话，就必须摆脱庸俗的利害考量和人情纠缠。亚里士多德在《尼各马可伦理学》中也说：“把友谊放在真理之前是错误的。”究其原因，无非是因为，如果把利害关系和个人情感放在第一位，就会导致公正感的丧失，就不利于批评家冷静地分析和客观地评价。所以，即便面对的是自己的“朋友”，批评家也应该把自己的“友谊”暂时悬置起来。

二

然而，中国文化本质上却不是一种求真的“批评型文化”，而是一种“为善”的“人情型文化”。正因为这样，所以，在中国的“原典”里，长久以来，便很难看到“真”字的影子。清代学者廖开说：“五经无真字。”李慎之先生做学问细入毫芒，一丝不苟，请人在电脑上把“五经”里里外外捋了一遍，果然没有找到一个“真”字。他在《中国现代化的目标是民主》一文中说：“我历来认为中国学术从孔子的时代起就是求‘善’的学术，而西方学术从希腊时代起就是求‘真’的学术，两者的差别是很大的。”他认为：“求‘真’是不难找到客观标准的，求‘善’则往往可以‘公说公有理，婆说婆有理’，含糊暧昧，莫衷一是。”其人虽亡，音徽未沫；他所发现的问题，值得我们慎思而明辨之。

比较起来，“求真”的文化通常指向事，“为善”的文化通常指向人；指向事则以事定然否，指向人则以人论是非；指向事则论迹不论心，指向人则舍事而诛意；“求真”的“批评型文化”具有鼓励思考、保障自由的积极倾向，而“为善”的“人情型文化”则具有束缚思想、限制自由的消极倾向。所以，在那些特殊形态的“为善”文化中，恬不为怪地说空话甚至说假话，就成了一种普遍而深固的习惯，而且由于着眼点在“人”而不在“事”，所以，最终形成了“因人而异”的言论评价机制，即根据人的“身份”来确定“话语”的真伪和价值。也就是说，话说得对不对，不是问题，是谁说的，才是问题，这样，便有了“人微言轻”“一言九鼎”和“因人废言”这样的成语，便有了“相信到迷信的程度”与“服从到盲从的程度”之类的疯话。

因为言论而获罪，也是“为善”的“人情型文化”中常见的事情。那些具有批评意识的知识分子，往往因为坦率地表达自己的意见而大倒其霉，甚至身首异处，所以，《云笈七签》里才有这样的话：“言出患入，言失身亡，故圣人当言而慎，发言而忧，常如临危履冰，以大居小，以富居贫。”嵇康清楚地知道表达不同意见的危险，所以，很想改掉口无遮拦的毛病，以便远祸而全身。他在《与山巨源绝交书》中说：“吾不如嗣宗之资，而有慢弛之阙，又不识人情，暗于机宜，无万石之慎，而有好尽之累。久与事接，疵衅日兴，虽欲无患，其可得乎！”然而，因为“不识人情”，他最终还是未能逃脱以言获罪的厄运，还是被司马氏杀了头。其实，即使到了现代，批评仍然不是一种能被宽容地理解和对待的事业。在上世纪八十年代的台湾，龙应台的尖锐而理性的批评，就遭遇了严重的误解和充满敌意的报复，有人甚至把“撕了一角的冥纸”寄给她，真是“万千恨意尽在其中”。面对这样的仇恨，被称为“暴君”的龙应台一点也不觉得奇怪，因为，正像她在《冥纸越多越好》中所说的那样："在台湾，写任何一种批评文字都很困难。主要的原因，是中国人把做人与做事当做一回事；既然对人讲究忠厚恕道，对事又怎么可以严苛锐利？大多数人就不愿意因写批评而伤了做人的感情。这种态度的另一面就是，当受别人批评的时候，情绪也就特别激动，无法平心静气地思考。"

是的，在一个既不习惯批评别人，也不习惯被别人批评的地方，言不诡随的批评家被"恶直丑正"的先生恶毒地诅咒，被那些"趋舍异路"的人当做愆德隳好的"暴君"，当做泽吻磨牙的"法西斯"，便实在是一件自然不过的事情。

三

其实，无顾忌地说真话，不唯在中国很难，在别的国家，也同样不易。马修·阿诺德说："真话出现在行将死亡人的嘴里。"蒙田则说："我说真话，不是看我愿说多少，而是看我敢说多少；随着年岁的增长，我就敢越多说一点。"可见，在这个世界上的任何一个地方，直言无隐的真话和坦率尖锐的批评，都很容易被误解，都很有可能给批评者带来麻烦。

然而，无论多么艰难，无论可能遭遇多少误解和伤害，任何一个负责任的批评家，都应该克服自己内心的虚弱和恐惧，都应该坦率而勇敢地说真话。如果那些承担批评职责的人，普遍缺乏怀疑的勇气，普遍选择一种苟且、妥协的生活姿态，那么，人们就很难看到有活力、有个性、有思想的批评家，批评就会沦为夸饰的广告词、沉闷的说明书、低级的拍马术，就像我们在当下的一些文学批评中所看到的那样。

当然，说真话并不是要求批评家的所有判断都无懈可击。说真话强调的是批评家必须尊重事实，努力维持言说与经验、判断与真相的一致，而不是要他成为绝对真理的发现者和陈述者。正像自己批评的对象可能是残缺的一样，批评家的批评也无妨是不完满的，甚至不妨留下一些话头儿给人评说，给人争论，给人指摘。在蒂博代看来，一部批评著作的价值和魅力，甚至就来自于它的不完满性，就来自于它的可谈论性：“我甚至认为一本批评著作的生命就在于它是否引起批评，是否参与了对话，是否把它的震动传达给了超越它的运动，也就是说，是否有欠完整，是否能引导读者纠正它的错误。”

所以，重要的是，批评家是否说了真话，针对问题和残缺，是否有勇气质疑和否定，是否提供了可靠的信息。一堆缜密而漂亮的废话，即使无懈可击，又有什么用呢？遗憾的是，在当下的批评文本里，这种空洞而漂亮的废话，实在是太多了，结果，正像斯特龙伯格在《西方现代思想史》中所说的那样：“产生了许多术语满篇的、煞有介事的文字垃圾，不过，通常来讲，他们做得比较巧妙，在模棱两可的边界上游刃有余。”这类批评家也许个个都可以做“为善”的楷模，人人皆可以做“学院批评”的典范，但是，用批评的求真的尺度来衡量，他们的批评里却少了一些最可宝贵的东西。

四

由于常常不留情面地“言人之不善”，我的卑之无甚高论的批评，也颇为一些忠厚善良的朋友所痛心疾首，所大摇其头，不过，大概我的情形还没有严重到不可救药的程度，所以，我便有幸聆听到这样的忠告：“搞批评不要太较真，要与人为善。”那背后的潜台词，无非是希望我能改邪归正，弃暗投明，放下屠刀，立地成佛。老是抓住别人的缺陷和问题说个没完没了，老是伤害作家的自尊心，咋能不让人对你的动机和人格产生怀疑嘛！然而，我还是想依然故我地说几句较为真实的话，还是想一如既往地写几篇较有真意的文章。此无他，无非是，唯有这样，自己的良心才稍觉安宁，才能感受到一点儿做人的尊严。

虽然距离世事洞明、人情练达的境界，还隔着不止五十里远，但有一点，我却还是知道的，那就是，吾国人民自古天性淳厚，从来乐于助人，普遍把“成人之美”当做一种绝对的处世原则，而吾国的文化，则本质上是一种“人情文化”，也就是说，人际关系在社会生活中起着至为重要的作用。所以，在文学圈子里，一个批评家如果想混得左右逢源、八面玲珑，就要严格地遵循“与人为善”的原则，就要搞清楚什么样的人是有用的、不能冒犯的，就要弄明白什么话能说、什么话不能说，只有这样，才不至于得罪了不该得罪的人，或者冒犯了不能冒犯的人，才能通过“与人方便”之手段，达到“自己方便”之目的。如果面对的是一个能够呼风唤雨的“著名作家”，就更是得低眉顺眼，望风希指，写文章论其人必是“平易近人”，作讲章论其文则必是“高峰”“里程碑”，倘若能给他写个“评传”或与他搞个“对话录”什么的，便可人我两便，皆大欢喜！

如果说，“人情公道两无亏”是一种很难达到的境界，那么，一个真正的批评家，就应该舍“人情”而取“公道”，或者说，应该舍“为善”而取“求真”。在批评领域，中国社会不缺乏乐道人善的忠厚之人，但缺少敢于说真话的谔谔之士。而没有人敢说真话的社会，肯定是一个缺乏活力的社会。也许正是因为看到了这一点，鲁迅先生才在《无声的中国》中说：“青年们先可以将中国变成一个有声的中国。大胆地说话，勇敢地进行，忘掉了一切利害，推开了古人，将自己的真心的话发表出来。——真，自然是不容易的。譬如态度，就不容易真，讲演时候就不是我的真态度，因为我对朋友，孩子说话时候的态度是不这样的。——但总可以说些较真的话，发些较真的声音。只有真的声音，才能感动中国的人和世界的人；必须有了真的声音，才能和世界的人同在世界上生活。”

为了“中国”和“中国人”，那些崇尚“与人为善”的批评家，似乎也应该像鲁迅先生所倡导的那样，“总可以说些较真的话，发些较真的声音”。一个人，如果凡事总想着结个“好人缘”，得个“好名声”，那么，他就很难说出“较真的话”。而不能堂堂正正说真话的人，不仅算不得噙齿戴发的好汉，而且实在就是一个不知自爱的乡愿，因为，正像《呻吟语》的作者所说的那样：“沾沾煦煦，柔润可人，丈夫之大耻也。君子岂欲与人乖戾？但自有正情真味。故柔嘉不是软美，自爱者不可不辨。”

对文学批评来讲，求真既是无可推卸的责任，也是让人心安理得的光荣，所以，让我们还是多说一些有价值的真话，而少做一些“与人方便，自己方便”的事情吧！

文学批评的绝对命令

在康德的哲学世界，“绝对命令”是一个关于道德的最高标准，是无论何时何地，人人都应当无条件遵循的、不计后果的行为原则。与之相反的概念，是“假定命令”，一种有条件、有依待的行为原则。“绝对命令”依本于人的“纯粹理性”。用康德在《实践理性批判》中的话说，就是：“……纯粹理性必定是独立而自为地实践的，这就是说，通过实践规则的单纯形式决定意志，而毋需设定任何情感，从而毋需愉悦与不愉悦的表象作为欲求的质料，后者时时是原则的经验条件。”康德对自己时代的犬儒主义和相对主义的价值观和哲学思想，非常不满，认为它们缺乏对“绝对命令”的敬畏，因此，曾经尖锐地批评道：“在我们这个时代，某种相互矛盾的原理的结盟体系极尽虚伪和浅薄之能事，因为它更迎合那些满足于样样都懂而一知半解，因而万事通式的读者。”

不难想象，那些已经进入“后现代”的人，看到我将“文学批评”与“绝对命令”挂搭在一起，会有多么惊诧和不满：什么“绝对命令”？一个如此冷冰冰、硬撅撅的概念，跟文学批评有什么相干？是的，我得承认，在一个颠覆“中心”、消解“本质”、怀疑“真理”的语境里，康德的这个神圣的概念，的确显得有些背时和过气，而我，竟然将它与文学批评联系起来，也实在是冥顽不化到了无可救药的程度。就现在的情形来看，也许，没有哪个领域，像文学那样倾向于拒绝规则和“命令”，像文学那样倾向于接受“自由主义”和“相对主义”的价值观。就拿文学批评来说，关于批评，“我批评的就是我自己”“批评就是心灵的冒险”“有一千个读者就有一千个哈姆雷特”等等，某种程度上，表达的就是“自由主义”和“相对主义”的批评理念。这样的观念固然有一定的道理，但是，一旦被强调到了极端，就很容易越过合理的边界，从而造成这样一种误解：批评本质上是主观的；没有绝对可靠的判断，一切阐释都是合理的。事实上，“自己”也罢，“冒险”也罢，都不能离谈论的客观对象太远，而“哈姆雷特”也只有当他在莎士比亚笔下获得生命以后，才能成为在“读者”想象中各个不同的那个丹麦王子，——如果他落到纸上便是假的，便是死的，那他与任何读者都不可能发生积极的关联。

所以，问题最终归结为：批评家的活跃的主体性，是不是等于恣纵的主观性？或者说，批评家对作品的理解和阐释，是不是最终应该服从文本的客观情状的制约？说来，这也不是一个新鲜的话题。八十多年前，艾略特就曾在《批评的功能》中，尖锐地反驳过英国批评家默里的一个观点“必须依靠内心的声音”，即马修·阿诺德批评过的“想怎么干就怎么干”。艾略特知道“师心自用”的人对“原则”和“客观性”是不感兴趣的：“对于服从内心声音的人们来说，我关于批评所能说的话将是毫无价值的。那是因为他们对于为了追求批评而努力寻找任何共同原则的这件事根本不感兴趣。既然有了内心的声音，何必还要原则？”但是，艾略特却一直在寻求“一个公式”，最后，他发现了从事文学批评的“一个最重要的条件”：“批评家必须具有非常发达的事实感。这绝不是一个微不足道的或常见的才能。它也不是一种赢得大众称赞的才能。事实感是一种需要很长时间才能培养起来的东西。他的完美发展或许意味着文明的最高点。”

艾略特的“发现”，对于文学批评来讲，具有至关重要的意义，而对一个在批评上的“过度阐释”大行其道的时代，这个重要的“发现”，简直就是直中肯綮的针砭。“事实感”既规定了批评的性质，也决定了批评的价值和力量。它不仅意味着批评应该选择的方法，而且意味着批评应该具有的精神：从方法上讲，“事实感”即尊重事实、注重分析、言必有据；从精神上讲，批评以追求真理为使命，用艾略特自己的话来表述：“即达到存在于我们身外的某件东西，这件东西可以暂时被叫做真理。”因此，一切真正的批评，固然必不可少地包含着由批评家自己的趣味和价值观导致的“偏见”，但是，一个高明的批评家，却努力将自己的“偏见”控制在合理的范围内，以求在对作品的价值和创作的成败等基本问题的认识上，能给人们提供可靠的判断，而不是囿于褊狭的好恶，将山羊说得比骆驼还高，或者，出于利害的考量，把麻雀说得比孔雀还大。

然而，仅仅有“事实感”还是不够的，因为，在与“事实”相关的真假判断之外，批评还必然是与“善恶”“美丑”“好坏”相关的价值判断。所以，批评的“绝对命令”，就既是认知性的，也是伦理性的；既是美学意义上的，也是道德意义上的。马修·阿诺德就致力于身体力行地确立文学批评的另一个重要的“绝对命令”，即伦理学意义上的批评原则。

如果说，艾略特的原则引导人们将注意力集中到“事实”本身，从而开启了“英美”的以文本为中心的“新批评”传统，那么，阿诺德则将注意力集中到“主体”，具体地说，集中到批评家的“思想”和文化责任上。在阿诺德看来，能否创造出杰作，很大程度上，决定于一个时代的“精神气氛”和文化环境：“评论最后可能会造出一种使有才华的人能够充分利用的精神局面。评论可能改变思想秩序，即使不是绝对正确的，也总会比以前的更正确些，它还可能使最好的思想占优势。不久这些思想深入社会，因为真理要受生活的检验，一切都在运动，在成长，正是在这个基础上，伟大的文学创作才能繁荣。”由于批评具有如此重要的作用，所以，为了能使批评家更好地完成自己的工作，“为将来奠定基础”，就有必要确立批评的稳定的伦理“原则”。

这是一个什么样的原则呢？阿诺德说：“这个原则可以用一个词来概括，即公正无私。”刘勰在《文心雕龙》中，也曾强调过“公正无私”对于文学批评的意义：只有“无私于轻重，不偏于爱憎”，然后，才能“平理若衡，照辞如镜矣”。而在阿诺德看来，“不自由、不公正地研究事物与现象就不能达到真理与文化的高峰”。固然，在生活中，批评难免也会遇到种种“诱惑”，但是，为了“公正无私”，“评论家的义务就是拒绝，如果他的对抗是徒劳的，那么他至少应当跟着奥贝曼大声疾呼：宁死不屈”。最后，阿诺德以特别强调的方式，给批评下了这样一个定义：“公正地研究并宣传世界上已经知道的和想象到的最好的东西。”

一个是追求“事实感”，一个是力求“公正无私”，这就是文学批评必须服从的两个绝对命令。尽管这两个原则各有侧重，但是，极其会归，皆期于求得真理与推进社会的文明进步。这两个原则，看似寻常，但是要真正做到，却并不容易。很多时候，文学批评所缺乏的不是别的，恰恰是最起码的“事实感”和“公正无私”。艾略特就因此而不满自己时代的文学批评，认为“我们的大多数批评家们都忙于和稀泥，忙于调解、遮掩、抚慰、挤入、文过饰非、配制舒适的止痛药”，他的强调“事实感”，实在是其来有自、有感而发的。阿诺德对自己时代文学批评的不满，也是因为它缺乏真正的批评精神：“当前是什么干扰着我们的评论呢？正是那些实践的考虑纠缠着它，窒息着它。评论不为自己本身的利益服务。”“实践的考虑”就是功利的考虑，就是与庸俗的利害得失相关的算计；“自己本身的利益”就是“文化”的利益，“文明”的利益，是指通过文学从精神上提高人、改变人的生存处境，从而达到“真理与文化的高峰”。

约翰逊博士在《〈莎士比亚戏剧集〉序言》中说：“一个作家永远有责任使世界变得更好，而正义这种美德并不受时间和地点的限制。”旨哉斯言！对我们时代的文学批评来讲，艾略特和阿诺德的“原则”并没有过时，恰恰相反，我们迫切地需要他们所确立的“绝对命令”，除非我们的批评家把“逢人说项”降低为一种消极的德性，除非他们把恭维作家当做一种无上的幸福，因而，宁愿放弃自己的尊严和批评的责任，宁愿继续做“著名作家”的群居终日、言不及义的“对话者”，继续乐此不疲地替那些不负责任的作家“和稀泥”“文过饰非”和“配制舒适的止痛药”。

康德在《实践理性批判》的“结论”部分，以他很少有的动情的语言说道：“有两样东西，我们愈经常愈持久地加以思索，它们就愈使心灵充满日新又新、有加无已的敬仰和敬畏：在我之上的星空和居我心中的道德法则。……后者通过我的人格无限地提升我作为理智存在者的价值，在这个人格里面道德法则向我展现了一种独立于动物性，甚至独立于整个感性世界的生命。”面对文学，一个批评家的内心要是也能充满这种“敬仰和敬畏”，那么，他一定会感受到他作为批评家的“价值”，他一定会因为自己的工作而体验到巨大的幸福感和神圣感。

时代及其文学的敌人

人们对文学的异化和堕落所表现出的宽容和麻木，常常令我既困惑，又吃惊。尤其是文学批评，像与鼠共舞的懒猫一样，面对作家，除了鼓掌与喝彩，就是保持可耻的沉默，完全丧失了真正的批评应该有的尖锐锋芒、真诚态度、独立精神和批判立场。半个多世纪以来，我们看到的，就是这种低眉顺眼、屏声敛气的跪在地上的批评。在我们这里，缺乏健康的批评风气，缺乏成熟的批评意识，缺乏科学的、可靠的批评方法，缺乏负责任的、敢于不看脸色说真话的批评家。这些不足和问题，严重窒碍着中国文学的正常发展，严重影响着健康的文化环境和精神气候的形成。

当代批评的疲弱和衰颓，固然有客观的外在原因。譬如，批评的首要原则是必须如其所是地说真话，这就要求社会必须给人们说真话的自由，但不幸的是，任何人都必须将自己的个性伸展和想象冲动，纳入到合乎主宰话语规范的模式中来。再如，批评是一种对话，它要求主体之间必须呈现出一种分离甚至对立的关系形态，因为，只有这样，才能形成真正意义上的对话，才有利于人们在不同的价值和趣味的碰撞和冲突中，更全面地观察问题，更充分地讨论问题。

但是，中国的文化却是一种以和为贵的同一型文化，强调主体之间的认知契合与精神知遇，而忽视甚至敌视彼此之间的认知差异和思想分歧，于是，我们经常看到的情形就是“攻乎异端”的党同伐异，在这样的缺乏多元共处的包容性和自由度的环境里，在这样的敌视形成真正的对话的价值规范和交往原则的社会里，批评的默无声息甚至委顿、堕落，实在是不难理解的。这样的情势，不仅会扼杀批评的生机，甚至还必然要导致知识分子的心灵生活的混乱和精神秩序的瓦解。

进入八十年代，遍体鳞伤的文学需要恢复健康，需要站起来，客观情势要求批评尽力摆脱过去的野蛮习惯，努力营造宽松而温暖的文学生态环境。于是，宽容和理解，肯定和鼓励，便成了这个时期文学批评的基本姿态。批评家的善念和努力，确实有助于鼓励作家重振写作的信心和探索的勇气。但是，对批评来讲，严格比宽假更重要，因为，没有严格的尺度和要求，我们就会给那些幼稚、粗糙甚至有害的写作以过高的评价，就会鼓励一种对创作的随意的、玩世不恭的倾向。事实上，情况常常是这样：当宽容成了纵容，鼓励成了怂恿，理解成了默许，作者的写作就会因为缺乏必要的监督、大胆的质疑、尖锐的否定和及时的提醒，而沦为任意妄为的话语游戏和道德放纵。现在回过头来看，二十世纪后二十年的批评尺度，确实太宽了，批评的态度也过于和厚甚至卑怯，缺乏应该有的严厉和严格。

例如，对所谓的“先锋文学”，我们的批评家在展开批评的时候，就显得低三下四，表现出幼稚的盲从和冒失的热情。他们被“先锋”二字表面上的革命色彩给吓住了。从二十世纪初就占了上风的“先锋”话语，往往会给人这样一种错觉，似乎只要打出“先锋”的旗号，就可以成为最“先进”的东西，就能摧枯拉朽地战胜旧有的文学传统和价值规范。事实上，无论是马原等人的幼稚而无聊的“叙述圈套”，还是余华的冷漠的“嗜血癖”、残雪的变态的怪异体验、格非的近乎游戏的叙事策略、莫言的缺乏价值深度的语言狂欢，还有那些把自己的名字反复写进小说的自恋狂式的写作，都更多的是需要正视的问题和残缺，而不是值得推许的经验和成就。这些先锋作家的写作，更多的是对西方现代派文学的话语模仿，而不是包含着强烈的现实感和丰富的思想价值的创新和伸拓。他们龟缩在卡夫卡、博尔赫斯、马尔克斯和罗伯·格里耶的阴影下。而我们的批评家则卑怯地站立在自己时代的“先锋”作家的阴影里，比“阴影”的主人更卑怯地崇拜西方现代派文学，便偏激地蔑视十八、十九世纪的现实主义文学的伟大传统和写作规范。而正是这种误解和蔑视，使八十年代的中国文学转型，无论在价值观念上，还是写作规范上，都出现了严重的偏差。

本来，在中国，现实主义文学的批判精神就不够强大和有力，现实主义的写作方法也并未得到充分的提高和发展，我们应该付出更大的勇气和更艰苦的努力，来拓展现实主义文学的生存空间，丰富现实主义的写作经验。然而，奇怪的是，现实主义被人们当成了陈腐和保守的同义词，被视为过时的废旧的东西，而谈论现实主义、强调现实主义方法的价值，则被看成令人厌烦的九斤老太式的唠叨。一时间，大家都成了“拜新教”“拜现代教”的信徒，似乎谁不谈“现代主义”、不谈“先锋”，谁就不懂文学，就该受到鄙夷和嘲笑。总之，由于批评的纵容和盲从，八十年代的包括“先锋”文学在内的消极写作，没有受到有效的质疑和有力的对抗，产生了许多缺乏深沉的现实感、严肃的道德内容和丰饶的诗意的失败之作，这些作品像早晨的露珠，虽然从形式上看，晶莹有光，但它们毕竟不是珍珠，因此，太阳一出，便无踪影。

在接下来的时代里，八十年代的那种单纯而单薄的理想和热情熄灭了。精神让位给物质，灵魂让位给肉体，痛苦让位给享乐，沉重让位给轻逸。文学批评的精神被市场经济时代的商业原则控驭着。八十年代的那些在批评家的纵容下写作的作家，已经获得了极大的声望资源，这种资源赋予了他们的名字一种巨大的魔力，这种魔力正好适合被商业时代的人们用来推动市场机器的巨轮。于是这些作家便顺理成章地成了商业时代的新宠和英雄，被异化为文学商品的生产者。事实上，他们并不抵抗这种异化，反而乐意主动接受消费时代的价值理念和异化的写作方式。他们通过文字把性变成商品，开始自觉地为满足欲望化的消费需求而写作。九十年代的批评面对这些现象，就像弗兰肯斯坦面对自己造出来的怪物一样无可奈何。这些已经被封为“著名作家”甚至“大师”的人的作品一印就是十几万册、几十万册甚至上百万册。而在商业理念主宰一切的时代，一部作品一旦被市场接受，几乎就意味着它的作者获得了批评上的豁免权。批评家除了保持沉默，没有别的选择，他们已由早期的服从政治指令的“拜权教”，由八十年代的跟风趋时的“拜新教”，一变而为九十年代的“拜名教”和“拜钱教”信徒。一位名作家的“作品”，只要一出笼，立即就会有一些“批评家”肉麻而不着边际地吹捧它。明明这部作品的语言很成问题，可偏偏就有人敢说他的语言如何如何成功，是“对汉语写作的语言层面的贡献”；明明这部作品思想苍白、趣味低下，可偏偏就有人要说它深刻地揭示了知识分子在特殊的社会转型时期的内心痛苦的精神历程；明明这部作品让人一头雾水不知所云，可偏偏就有人要附和作者"改造"读者的奇谈怪论，说是只要耐心一些是不难读懂的；明明这部作品无论从哪个方面看都乏善可陈，可偏偏就有人要以不容置疑的语气向世人宣布：这是一部伟大作品，是要流传下去的，而把任何对这部作品的道德谴责和伦理批判，都当做落井下石的可耻行为。当然，作为回报，著名作家也会按照商业时代的互利原则来吹捧批评家，连"既生瑜何生亮"这样的陈词滥调都敢往上用。总之，批评家与作家的这种腐败性合谋，不仅使得缺乏制约的消极写作呈现出疯狂泛滥之势，而且还严重地败坏着文学批评的声誉和威望。

那么，怎么办？面对这样的问题和困境，我们如何恢复批评的尊严和功能？如何通过积极的批评，给我们时代的文学生活，营造一个良好的精神环境？索尔仁尼琴说："每一位作家对人类的罪恶都有普遍的道德责任。"批评家也应该承担这样的"道德责任"，但他首先应该承担的责任，是通过有效的批评，抵制作家在写作上的道德堕落和不负责任。他必须克服外部环境的拘执和自己内心的软弱与恐惧，勇敢而忠诚地履行自己的职责。事实上，关于批评是什么，关于批评的方法，我们已经说得够多了，现在的问题是行动，是对具体的作家、作品或文学现象，进行细致而冷静的分析和尖锐而准确的评价。而要做到这一点，是否具有真正的批评精神，就显得尤为重要。

那么，真正的批评精神是什么？可以肯定的是，它不是由某种单一的精神元素构成的，而是包含了多种重要的精神元素，如科学精神、宽容精神、人道精神、自由精神等。但是，在整个批评精神的多元构成中具有核心意义的，还不是这些精神，而是不从的精神、对抗的精神和批判的精神，或者简单地说，是一种敢于为敌的精神。是的，真正的批评，从某种程度上讲，就是它的时代和文学的敌人。它与自己的时代及其文学迎面站立，以对抗者的姿态，做它们的敌人—— 一种怀着善念说真话，以促其向善推其进步的特殊的敌人。

由于不难理解的原因，对许多人来说，“敌人”这个词，太扎眼了，让人想到残忍、伤害、死亡和眼泪。是的，这确实是“敌人”这个词常常带给人的想象内容。但是，正像别林斯基说“怀疑主义”“既是一个伟大的字眼，也是一个庸俗的字眼”[①]一样，“敌人”则既是一个消极的概念（当它意味着在政治上迫害人、在肉体上消灭人的时候），也是一个积极的概念（当它被用来显示一个人的坦率和勇气的时候）。积极的“敌人”，就是“公开的敌人”。叔本华认为，里梅尔在《歌德回忆录》中，对这种“公开的敌人”的看法是正确的：“公开的敌人，亦即与你面对面的敌人是体面的敌人，他

① 别林斯基：《别林斯基选集》第三卷，满涛译，上海译文出版社1980年版，676页。

会公正地对待你，你甚至可以与他达成协议并言归于好。”[①]情况确实是这样。没有什么比公开地表达意见更有助于思想的交流，更有助于真理的发现。不仅如此，公开而公平的对抗和挑战，从来就是对话的最好方式，是培养人们对批评意见和不同思想的心理承受力和宽容意识的最好方式。

在别林斯基看来，为敌的姿态，甚至是“诗人”即一切从事文学创造活动的人的正常而必要的精神姿态：“是的！这是没有疑问的：诗人和社会处于相互敌对的地位，他们互相是对方的天然的敌人。从一方面来说，社会在认识他的优点之前，先要扼杀他；从另一方面来说，社会对诗人的爱顾，反而把诗人引入邪途。”[②]而批评家则是双重角色的“敌人”：他既是“社会”的敌人，又是“社会的敌人”的敌人，即“诗人”和作家的敌人，所以，做一个批评家，便意味着要有勇气面对和承受来自两方面的敌意和伤害。正是由于这个原因，我倾向于把“批评”这个概念当做一个阳性词，当做一个及物动词，它意味着刚健弘毅的“虽千万人吾往矣”的男子汉气概，意味着有勇气与任何人任何力量发生冲突性的关联。它拒绝那种温吞、软和的态度和风格，因为，这种有气无力的娘娘

① 叔本华：《叔本华论说文集》，范进等译，商务印书馆2000年版，374页。

② 别林斯基：《别林斯基选集》第一卷，满涛译，上海译文出版社1979年版，376页。

腔和懦夫做派不利于心灵与心灵的积极交流。

是的，“敌人”，坦诚的公开的“敌人”，已经成为我们迫切的需要。没有这种“敌人”，文学批评就不会有雄健骏迈的内在活力，文学就有可能处于一种静止的乏味的死寂状态。因为，“敌人”这个概念，包含着与弗洛姆的“不从的精神”相同的内容，已经成为一个与思想生成密切相关的“动力学性格概念”。在弗洛姆看来，“反叛”和“不服从”，不仅“是自由的最初的行为，是人类历史的开端”，而且，“人类通过不顺从行为继续向前发展着，这不只是说，由于人敢于向以人的良心或信仰的名义出现的权力说个‘不’字，人的精神发展才是可能的，而且，这也说明了人的理智的发展同样也依赖于不顺从的能力，不屈服于那些试图窒息新思想的权威，不屈服于长期建立起来的，把变化视为胡闹的舆论的权威”，因此，“如果说不顺从的历史形成了人类历史的开端的话，那么，顺从就可能会引起人类历史的终结”[①]。也就是说，“为敌”乃是一种积极的精神力量，意味着人（尤其是批评家）清醒地与任何奴役性的力量保持一种对抗性的姿态，以便自己的思想和精神处于一种活跃的增殖状态；也就是说，只有经由对抗，只有介于一种积极而有益的紧张关系中，思想的生成才有

① 埃里希·弗洛姆：《在幻想锁链的彼岸》，张燕译，湖南人民出版社1986年版，175—176页。

可能，我们的精神生活才有可能是正常的，我们的文学批评才有可能是健康的。

事实上，拒绝温文尔雅，拒绝公允妥洽，拒绝不偏不倚，拒绝四平八稳，拒绝跟风趋时，拒绝随顺妥协，是所有那些对知识分子的使命和文学批评的精神有正确理解的人的共识。殷海光先生说："一个真正的知识分子必须'只问是非，不管一切'。他只对他的思想和见解负责。他根本不考虑一个时候流行的意见，当然更不考虑时尚的口头禅；不考虑别人对他的思想言论的好恶情绪反应；必要时也不考虑他的思想言论所引起的结果是否对他有利。一个知识分子为了真理而与整个时代背离不算稀奇。"[①]这里的"背离"义近"为敌"。叔本华则对"温文尔雅"大加抨击，在他看来，"温文尔雅，在社会关系中有其自身的根源，但在文学中却是一种异化的，并且常常是有害的因素；因为它逼使人们将恶视为善，将丑当做美。科学和艺术的崇高目的就这样被糟踏了"[②]。而在车尔尼雪夫斯基看来，"批评应当尽可能避免任何半吞半吐，限语但书，细致而暧昧的暗示以及诸如此类只能妨碍问题

① 张斌峰编：《殷海光文集》第三卷，湖北人民出版社2001年版，360—361页。

② 《叔本华论说文集》，373页。

的率直、迂曲的说法”①，因为，“只有充满生气的人，也就是说，只有充满热情、充满强调不满的人，才能写出充满生气的批评——这种不满的感情也正如大家所知道的，它不是通过冷淡而又委靡的语言吐露出来，也不是要使随便什么人听了他们的吐露，既不感到温暖、也不感到冷淡”②。

同样，在波德莱尔的理解中，“公正的批评”，也不是无个性的不动感情的批评，而是“有所偏袒的，富于激情的，带有政治性的，也就是说，这种批评是根据一种排他性的观点作出的，而这种观点又能打开最广阔的视野”③。对批评家的性格和批评的精神，李长之先生是做过认真研究和深刻思考的，他曾在《批评家的孟轲》一文中极为精彩地阐释“批评精神”：“什么是批评精神呢？就是正义感；就是对是非不能模糊、不能放过的判断力和追根究底性；就是对美好的事物，有一种深入的了解并欲其普遍于人人的宣扬热诚；对于邪恶，却又不能容忍，必须用万钧之力，击毁之；他的表现，是坦白，是直爽，是刚健，是笃实，是勇猛，是决断，是简明，是丰富的生命力；他自己是有进无退地战斗着，也领导人

---

① 车尔尼雪夫斯基：《文学论文选》，辛未艾译，上海译文出版社1998年版，770页。

② 《文学论文选》，771页。

③ 波德莱尔：《波德莱尔美学论文选》，郭宏安译，人民文学出版社1986年版，216页。

有进无退地战斗着。”[①]长之先生为他的“批评精神”付出了代价。在二十世纪后半期相当长的时间里，他的存在被一种颟顸的异化性力量遮蔽了。人们不知道他的名字，也不了解他在现代文学批评方面的劳绩，更不了解他对中国的现代文学批评观念的形成和批评精神的确立所做的工作。好在真正的批评有能力对抗任何徒劳的遮蔽，有能力为自己赢得普遍而真诚的敬意。

我们正在体验着“脱序人”的痛苦和迷惘。这是一种非常恼人的体验。“脱序的人退缩到他的自我之中。脱序的心理状态是由一个人的道德连根拔起造成的。脱序的人不再有任何标准，他只受一些不相联属的驱力所驱使。他不复有联续感、义务感及对群体的责任感。他嘲笑别人的价值。他惟一的信持乃否定的哲学（the philosophy of denial）。他生活在既无将来又无过去的一条窄线上。”[②]脱序的人过的是一种“完全丧失价值系统”的生活。他势利、圆滑，除了因利乘便，别无所谓良心。我们提倡真正的批评精神，并不是要人们像一个脱序人一样毫无原则地否定一切，或者把批评当做进行话语施暴的工具和手段。在我看来，批评之所以应该有“为敌”的勇气和精神，就是因为，只有具备了这种勇气和内在的自觉，一个

---

① 郜元宝、李书编：《李长之批评文集》，珠海出版社1998年版，293页。

② 《殷海光文集》第三卷，368页。

人才能摆脱“生物文化”的驱策，成为健全的知识分子，成为一个真正的“观念人物”，才能“在一个动荡时代常削弱流行的信仰，批评既存制度的权威，为新的信仰之普及开路。真正的观念人物视追求真理为一重要的事”①。

总之，“为敌”意味着对真理和信仰的守护，意味着通过对残缺和病象的攻击和批判，重建更为理想、更为健康的生活秩序和精神秩序。因此，如果一个时代及其文学不负责任地把人降低为唯利是图的经济动物，降低为权欲熏心的市侩之徒和势利小人，降低为不知道敬畏神圣事物的妄人和莽汉，降低为蔑视道德的虚无主义者，降低为沉溺于肉欲狂欢的生物人，降低为缺乏内在热情的犬儒主义哲学的奴隶，降低为有知识的无知者、有财富的贫穷者，降低为把说假话变成习惯的巧滑之人，降低为没有是非感、美丑感、善恶感和羞恶心的空心人，一个真正的批评家，不，应该说，任何一个真正的知识分子，除了做它们的敌人，难道还有别的选择吗？

1925年，鲁迅先生针对中国文人因不敢正视“社会现象”而“万事闭眼”甚至“瞒和骗”的问题，写了一篇《论睁了眼看》，像呐喊一样对人们说：“世界日日改变，我们的作家取下假面，真诚地，深入地，大胆地看取人生并写出他的血和肉来的时候早到了；早就应该有一片崭新的文场，早就应该

① 《殷海光文集》第三卷，367页。

有几个凶猛的闯将。”时间过了五年，他又针对令人“好像要吐”的“广告式批评”对批评家说道：“到这里，我们所需要的，就只得还是几个坚实的，明白的，真懂得社会科学及其文艺理论的批评家。”

鲁迅的话没有过时，无论对作家来说，还是对批评家来讲，都依然有效。需要指出的是，与鲁迅的时代比起来，我们的批评家背负的压力更重，而不是更轻；面对的问题更多，而不是更少；展开批评的难度更大，而不是更小。在这样的情势下，精神上的刚健和性格上的坚强，对于批评家来讲，就具有了首要的意义，换句话说，如果没有不从的精神和为敌的勇气，那么，批评家便很难对自己的时代及其文学提供有价值的观点，因为，一个没有勇气的人是不敢正视问题，不敢说出真话的，而只有蕴含于真话之中的真理，才是有价值的，才是值得人们怀着敬意去倾听的。

真正的批评及我们需要的批评家

真正的批评是什么？是见了名人膝盖就发软脸部表情就不自然的人撰写的废话连篇的“特稿”吗？不是的；是印在一部作品扉页或封底的不负责任的广告词吗？不是的；是题目花里胡哨或大而无当，而内容苍白空洞浅薄无聊的应景文章吗？不是的；是信口开河天花乱坠“才华横溢”的话语表演吗？不是的。真正的批评是充满辩论色彩的对话，是争论。因为，正像蒂博代指出的那样：“争论是文学的灵魂”，“没有批评的批评，批评本身就会死亡”。

当然，争论可以直率、尖锐、激烈，但不能沦为恶意的诬蔑和恣肆的攻击，而是服从理性原则和批评规范的内在制约。真正的批评之所以争论，是因为它有明确的目标感，相信真理是存在的；它为真理争论，而不是为了争论而争论。它认同和遵行艾略特的原则："批评家必须有高度发达的事实感。"它用事实和作品内部的事象说话，言必有据，不发空论。最后，它用朴实而优美的语言说人话，而不是故意把话说得玄而又玄，谁也不懂。

从功能和作用上看，文学批评通过对作家、作品及思潮现象的分析和评价，积极地影响读者的阅读和作者的写作，维护文学肌体和社会精神环境的健康。批评会潜在而有力地影响一个时代的文学风气和精神气候。阿诺德说得好，"有评论才华的人能左右环境"，"会创造出一种使有才华的人能够充分利用的精神局面"，"评论能确立思想秩序，即使是不绝对正确的，也总比以前的更正确些，它还可能使最好的思想占优势。……正是在这个基础上，伟大的文学创作才能繁荣"。

无须讳掩，我们的文学批评依然不正常，我们的文学批评依然不够成熟，我们的批评意识依然不够自觉，我们的批评里依然有太多的庸人气、商人气和市侩习气。我们需要自己的别林斯基、爱德蒙德·威尔逊和F.R.利维斯，需要更多的李健吾、李长之和龙应台。我们需要这样的批评家：他有广泛的阅读经验、敏锐的感知力、准确的判断力和自由言说的勇气；他用文学的标准判断它是不是一部文学作品，用道德和信仰的标准判断它是不是伟大的作品，借此，他把金相玉质内外俱美的作品与金玉其外败絮其中的作品区别开来；他维护文学的尊严，把通过话语交换从“大师”“兄弟”“朋友”那里得来的名实两乖的“夸赞”，当做文学名利场上令人赧颜的“无耻景象”；他不怕说错话，因为他有勇气修正自己的观点，因为在他看来，重要的是保持道德上的一贯，而不是思想上的一贯；最后，他清楚地知道，在自己的时代，自郐以下的作家的半生不熟的作品实在太多，不宁唯是，正像艾略特在《文学与宗教》中所批评的那样，“当代文学作为一个整体却倾向于使人们堕落”，因此，他在走近它的时候，就只带显微镜和手术刀，而不带鲜花，就像一个农民在播种的时候，只带犁耙而不带镰刀一样。

文学批评堕落时代的批评立场

在当代中国，文学批评几乎成了谎言和欺骗的代名词，而所谓的“文学批评家”则成了被市场雇佣的文学神话和文学骗局的制造者。文学批评家与作家为了最大限度地获得商业份额和声望资源，心照不宣地利用消费时代的极具影响力的传媒手段进行文化欺诈。他们睁着眼睛说瞎话，硬是要把无论精神品质还是艺术形式都鄙陋不堪的作品说成《红楼梦》，硬是要把那些虽然写了许多作品但文学成就并不高的作家奉为大师。他们——作家和批评家——相互之间恬不为怪地进行话语抚摩和腐败性合谋。你从他们的冗长而乏味的对话中，看不到对真理的热爱和追寻，看不到对正义的敬畏和忠诚，看不到对苦难的关注和叙说。他们互相吹捧，你说我是“大师”，我说你是“天才”；你说我“与时俱进，感受着时代的脉动”，我说你文章写得好，“随便说出来的话，不用修改就是一篇好文章”。批评家从作家那里尝到了甜头，作家也从批评家那里得到了好处，但他们的这点可怜的所得，却是以对文学事业的背叛和对读者的伤害为代价的。文学批评的失职和堕落造成了极为严重的后果和问题，不仅使批评失去读者的信任，失去“公信力”，而且还对作家肆无忌惮地粗制滥造提供了安全保护和精神支持。

说心里话，我不相信人们能在短时间内改变批评的糟糕现状。商业情境中的互利原则对超功利的文学精神具有极大的瓦解性，对抗并最终克服市场伦理对文学的消解与异化，还需要那些忠诚地为文学负责的人们付出艰苦的努力甚至巨大的代价。事实上，文学批评必须面对的困难不仅来自“市场伦理”，而且来自批评自身。本质上讲，批评乃是一种在冲突情境中发生并展开的精神交流活动。它是围绕对具体作家、作品的认知和评价展开的心灵与心灵的角斗。正是通过这种特殊形式的角斗，批评家和作家的精神变得更加强大有力，也才有可能使我们获得对作家和作品的可靠的评价。

文学批评有着特殊的行为方式和逻辑。它是一种对话甚至对抗性的行为。它以为敌的方式为友。它借怀疑之手打开认同之门。直言之，文学批评的精神基础可称之为“批评主义”。“批评主义”认为关于文学的一切可靠的认知和判断，都是经由不同主体间的具有对抗性质的对话和交流获得的；关于文学问题的认知和把握，是不同主体间相互批评的结果，是以友善的方式为敌的结果，是合作性地竞争的结果。

在我看来，只有服从这种“批评主义”规范的制约，我们的批评才有可能正常化，才有可能成为真正意义上的文学批评，才有可能通过有效的批评，抵制作家在写作上的道德堕落和不负责任，从而为我们时代的文学生活营造一个良好的精神环境。

总之，批评是一种重要而艰难的事业。真正的批评更容易招致误解甚至敌意，而不是赢得掌声和鲜花，但是，一个真正的批评家要有勇气承受来自作家的敌意甚至伤害，因为很多时候，批评家从作家那里收获的仇恨越多，越能证明他是一个真正的批评家，越有资格享受明达之士的称赞和感谢。

关于酷评

近两年来，有一个挺时髦的词，在一些谈文学批评的文章中频频亮相，这就是“酷评”。您别费劲，辞典里找不到它的；也别瞎猜，以为“酷”乃一种让人惊煞羡煞的潇洒派头，因此，“酷评”也就是一种“酷毙了”或“帅呆了”的批评。这种猜想实在与一般人对“酷评”的看法相去甚远，也与有些“特稿”撰写者的理解全然不同：在他们看来，“酷评”似乎比不知羞耻地巴结“领导”还可耻，比丧心病狂地搞腐败还可恶，因为“酷评家”的动机全在“自炒”，而其动作亦纯为“袭击”。总之，“酷评”二字，几乎就意味着严重的人格缺陷和道德弱点。

那么，“酷评”二字到底是什么意思？为什么会一下子就流行起来呢？按照毛里斯·克兰斯顿在《论自由》一书中的说法，界定术语有两种方法，一是设定性的（stipulative），二是词典性的（lexicographical）。“酷评”的词典性定义是没有的，而设定性的解释似乎也较少见到；它的模模糊糊的被普遍接受的内涵似乎是指一种锋芒毕露、咄咄逼人、动机不纯、效果不好的批评。而目前的趋势甚至是，人们往往倾向于把所有尖锐地指出问题和剖析问题的否定性批评，一概不加区别地称之为“酷评”。这种倾向是有害的，因为它不仅会误导读者，而且很容易挫伤那些有个性、负责任的批评家的自尊心和积极性，很不利于形成健康的批评风气。

至于“酷评”这个词为什么作为一种“恶谥”被广泛使用，我想至少有这样两个原因：一是现在确实有些人在展开批评的时候，连起码的历史感都没有，对批评对象任意贬损，深文周纳，如酷吏断刑，让人心寒发指。如有人给二十世纪文学所写的“悼词”，又如有人以极其侮慢的态度丑诋鲁迅，皆属此类。准确地说，这些“批评”压根儿就不能叫“文学批评”，而只能叫“武学批评”，但这种批评造成的影响极坏，引致了人们对文学批评的不信任感，甚至是反感。另一个原因是社会心理方面的，那就是中国人的糊里糊涂“成人之美”的坏习惯，是中国人普遍喜欢讲客套、看面子、讲关系的庸俗习气，是相互恭维、一团和气、各得其所、各行其便的江湖做派。长此以往，中国人的瞒和骗的功夫便是全球第一，对欺骗和虚假的承受能力和适应能力也是举世无双，与此同时，他们对一切真的东西，就产生了一种近乎本能的畏怯心理和拒斥态度。见了人便点头哈腰说好听话的“没有用的烂忠厚”，在中国是一种美德，而总是盯着人家的问题、残缺不放，在中国人看来，不是别有用心居心不良，就是人品不纯人格不好。到此境地，只要见到意在揭示缺失的说真话的批评，便斥为“酷评”，就是一件很自然的事情了。

说实在的，中国的文学批评之所以不发达，一个重要的原因，就是缺乏展开批评的健康的心理环境和良好的社会氛围。事实上，文学的发展固然需要适当的称赞与鼓励，但是更需要“攻击”与批评，因为，不自满是上进的车轮，而指出不足和问题的鞭策，正是促人上进的动力。这样，我们就不能笼而统之地把一切尖锐的批评称为“酷评”或“骂派批评”，更不要急于扑灭这种风格的批评，否则，就会像鲁迅先生所讲的那样：“漫骂固然冤屈了许多好人，但含含糊糊地扑灭‘漫骂’却包庇了一切坏种。”（《漫骂》）而比较起来，说好听话的“捧”比所谓的“骂”更为有害：“现在被骂杀的少，被捧杀的多。”（《骂杀与捧杀》）鲁迅所说的“现在”，并没有过时，它就是现在。

不过话说回来，一个人想做批评家，就得有不怕人误解甚至诬蔑的气概，要有一种“虽千万人吾往矣”的精神，而且，还要明白，你所选择的本来就不是那种让人笑容灿烂地拍双手欢迎的职业。别说在中国这样的国家，批评会遭到误解，就是在一个世纪前文化空前灿烂辉煌的俄罗斯，像别林斯基这样的批评家也没有摆脱同样的遭遇：据屠格涅夫说，这个文学批评家的伟大的典范，也曾被他的一些同胞称为“酷评家”和“冷评家”①。在屠格涅夫看来，别林斯基是“我国少见的一个真正热情和真正诚恳的人，在爱憎方面没有一点私心”②，不仅如此，“他的美学鉴别力几乎毫无差错，他的见解深刻入微，而且从来也不含糊。别林斯基不会被表面现象和外界事物所迷惑，不为任何影响和潮流所左右；他一下子就认出了美和丑、真和伪，然后以毫无忌惮的勇气说出他的判断——全盘地、不折不扣地、热情有力地、信心坚定地说出来”③。但是关于他的语言和对于他的攻击，却像黄昏时候彼得堡上空的蝙蝠，在暧昧而诡秘的天空中飞来飞去：“许多人，甚至青年当中的许多人，却指责他，认为他过于冒昧，不知分寸；涅瓦河畔的读者对莫斯科的这颗新的巨星本来已经不敢信任，彼得堡和莫斯科之间的夙怨更加深了他们的猜疑。”④

---

① 屠格涅夫：《回忆录》，蒋路译，人民文学出版社1962年版，21—22页。

② 《回忆录》，24—25页。

③ 《回忆录》，29—30页。

④ 《回忆录》，20页。

那些被误解甚至被中伤的批评家可以释然了，你看看，连别林斯基都被谥为“酷评家”，你还有什么想不通的，你该觉得高兴和骄傲才是：这证明你至少是一个真正意义上的批评家，而不是某些伪“大师”的轿夫或假“天才”的“宣传部长”。事实上，每一个想做真正的批评家的人，都应该向别林斯基学习，像他那样拍拍那些“自命为天才人物”的作家的脑袋，让他们清醒一些，或者踢踢那些东倒西歪地走路的“先锋派”浪子的屁股，让他们把路走正相一些。

勃洛克在《作家的灵魂》一文中说：“看一个作家是不是偶然的、暂时的现象，首要和主要的特征是看他是否具有‘道路’感。这一真理，耳熟能详的真理，应该时时提起，尤其是在我们这个时代。”[①]批评家也应该有自己的“道路”感。他们的“道路”更加坎坷、崎岖，但每一块路碑上都镌刻着“无畏”“正直”“怀疑”和“说真话”的字样。在他们的“道路”的起点和终点，都矗立着伟大的别林斯基的不朽形象。在这样的“道路”上，“酷评”之类的恶谥，是一丛低矮的蒺藜，不用费力就可以跨过去，因此，你完全可以无视它的存在。

① 亚·勃洛克：《知识分子与革命》，林精华、黄忠廉译，东方出版社2000年版，72页。

文学批评与媒体批评

把文学批评与媒体批评对举，也许犯了逻辑上分类不严的错误，因为，媒体批评是包含在文学批评之中的。那么，人们为什么要将其别为两事呢？这是因为媒体批评不仅在方法上缺乏文学批评的严肃性和规范性，而且还从精神上消解着文学批评的基本原则。

批评是人类特有的一种反思能力。它固然也发现意义和价值，接受经过检验的判断，但是，就其本质而言，批评首先意味着尖锐的否定精神。正像英国的肯尼思·麦克利什在他主编的《人类思想的重要观念——形成世界的观念》一书中所说的那样："批评是一种可以持有相反意见的活动。它可以被看做人类思想的不可或缺的组成部分，我们的文化活动的主要担保人，也可以说是真正的知识分子活动的一个横切面，即使不能说是寄生于它。”[①]从性质上看，文学批评无疑最能体现批评的真谛和精神。它作为一种高度个性化的文化行为，天然地具有怀疑和批判的倾向，相反，媒体则是一个高度娱乐化的公共空间，天然地具有通过猎奇和渲染来迎合、讨好受众的倾向。媒体有一种巨大的“化约力”，常常把个性化约为公共性，把严肃的沉思化约为轻松的娱乐。面对媒体，即使那些在文学批评上怀有远大抱负的人，也常常壮志难酬。人们总是拿《纽约时报书评周刊》来证明“批评”与“媒体”是可以和谐共处的。

但是，如果用很高的尺度来衡量，我们会发现《纽约时报书评周刊》上的“书评”其实更多的是广告，而不是批评：它缺乏分析的深度，也缺乏否定的态度。亨利·门肯就猛烈批评《纽约时报书评周刊》是“文化平庸主义的堡垒”，尖锐指责有的严肃的学者放弃了“以前的高标准”，接受了“《纽约时报》文学副刊的标准”。

一个媒体编辑，即使他有将“媒体批评”升华为“文学批评”的自觉意识，即使他为此付出了积极的努力，也未必能

---

① 肯尼思·麦克利什主编：《人类思想的重要观念——形成世界的观念》，查常平等译，新华出版社2004年版，338—339页。

够如愿以偿。一九〇二年《伦敦时报》也创办了文学副刊，由于编辑是个文学趣味很高的人，结果是副刊“反映了报纸对文学和学术的尊敬，但同时也使许多读者不知所云”。也许是体验过同样的尴尬，所以，一九九六年十月六日，向读者妥协之后的约翰·格罗斯，在总结《纽约时报书评副刊》近百年历史的时候说：“没有报纸能让文学精英满意。”其实，格罗斯的妥协与放弃也是无奈的，甚至是痛苦的，因为他也明白把“批评”降低为“新闻”会导致什么样的严重后果——“对书评家概念的歪曲”，“判断退居次要地位。争议不受欢迎。风格及批评的天分几乎不会引起注意”。的确，矛盾总是存在：文学批评有一种追求内在“深度”的倾向，致力于激活人的质疑和反思能力，相反，娱乐性的“媒体”却满足于停留在事物的外部，表现出一种庸俗而浅薄的倾向，从而压抑甚至扼杀人的内在的主体能力。事实上，早在一九六二年，巴雷特就在《非理性的人》中批评过新闻对“公众思想”的巨大“威胁”，他说：正是“新闻”传播的“技术进步”，“给这个时代形成整个一套生活方式，一种完全依赖外部情况活下去的生活方式”。

如果细分，我们可以将娱乐“媒体”分为三种：传统的新闻性纸媒、电视和网络。我们可以结合三个典型的个案——王朔在《三联生活周刊》的访谈、于丹在“百家讲坛”的演讲、韩寒在“新浪网上”的狂骂来进行考察“媒体”与“批评”的紧张甚至对立的关系。

先说“纸媒”。比较而言纸媒报刊对“批评”的包容空间相对较大，但是，由于娱乐文化的泛滥，由于从业人员素质的低下等原因，从整体上看，在我们的文化语境里，以纸媒为载体的“批评”不仅没有上升到“文学批评”的境界，而且，很多时候，还被降低为轰动一时的新闻“奇观”，被渲染成与文学无关的闹剧。换句话说，媒体感兴趣的主要是那些非文学的因素，例如，印了多少万册，挣了多少版税，获了什么“大奖”，或者，某“著名作家”又让谁“现了一把”。《三联生活周刊》之所以费劲巴力地约请王朔接受访谈，就是因为他们知道王朔会说什么，会怎么说，会获得什么样的效果。最后，“娱乐”的事业果然成功了，刊载王朔访谈的那期《三联生活周刊》加印了好几万。但是，经过一番毫不留情的话语杀伐，“批评”的事业却受到了伤害，——王朔也是受害人，甚至是最大的受害人，只不过“娱乐”上的胜利掩盖了真相，掩盖了他在“批评”上的失败。

再来看看“电视”。由于电视的公开的制作方式和严格的审查程序，由于孤独的“说者”完全处于众目睽睽之下的“被看”的位置，因此，它并不是一块适合批评之树生长的土壤。电视上的“脱口秀”本质上不过是将无形的“剧本”背得一字不差的现场表演罢了。电视不仅不培养批评个性和批评能力，而且还抑制个性的伸展和批判精神的生成。早在一九六四年，麦克卢汉就在《理解媒介》中提醒人们警惕“电视的谋杀”，因为，它可以造成人的“麻木”和“平庸”。最近的例子，就是“于丹现象”。在二〇〇六年“十一”黄金周短短的七天时间里，于丹就通过电视，给观众炮制了一个“很好玩”的“孔子”形象，就在图书消费领域引发了一个波澜壮阔的“群众运动”。这个“运动”的声势如此浩大，竟使许多批评家除了自惭形秽，除了哑口无言，似乎别无选择。虽然章学诚在《文史通义》中说过“虽有子不知夫子之所谓，况千古以后乎”的话，但是，于丹的臆说，却被当做达诠通解，被当做金玉良言。面对“电视”制造的神话，面对于丹的“论语心得”，你敢表示质疑和不满吗？“三百万”的巨大印数，就足以使你口欲言而嗫嚅！

然而，有一个问题是无法避讳的，那就是，我们从于丹的演讲里，只看到了拿孔子做道具的“娱乐”，而没有看到哪怕一点点对传统文化和旧道德的“批评”。不仅如此，她还通过随意的曲解，替孔子的“小人与女子难养论”等“反现代性”言论文过饰非。启蒙和批评就这样沉没到电视的“娱乐”和“平庸”的无边的黑洞里。

如果说，电视不是一块合适批评生长的土壤，那么，网络也同样不适合批评的生成。这是因为，网络不仅缺乏有效的对话机制和良性的监督机制，而且还给了网民一种消极的自由，一种以隐秘的方式胡说八道的自由。事实上，我们在网络世界看到的，多有肆意的谩骂，多有无聊的打斗。为什么一个网络世界的红人敢于肆无忌惮地辱骂别人，敢于从人格上伤害对方，就是因为网络给了他一种错觉：这是一个可以任性妄为而又无须承担责任的地方。一个畅销书作者轻而易举就可以纠集一大批看不见的“乌合之众”，这的确可以给人一种莫予毒也的自信和自大，确实很容易使人把批评降低为谩骂，把对“论敌”的精神杀戮当做光荣的事业。有人因此将“网络”喻为“痰盂”，我看倒是很形象、很准确的。

可见，在“批评”与“媒体”之间“调和鼎鼐”，并不容易。因此，对于“媒体”我们只有最低的要求，那就是，不要僭越“文学”这个边界，不要用娱乐价值替代文学价值，不要用“娱乐道德观”扭曲“文学道德观”。而面对“娱乐媒体”的巨大的裹挟力，批评家不仅要始终保持一种发现问题和揭示问题的清醒意识，而且要把争论甚至“对立”当做批评的基本精神。在蒂博代看来，一个职业批评家，与艺术家和新闻记者都是“对立的”。他在《六说文学批评》中提醒人们对此不必担忧，因为“竞争是商业的灵魂，犹如争论是文学的灵魂。……没有对批评的批评，批评便会消亡”。因此，只有在不丧失批评的精神和原则的前提下，“批评”才能与“媒体”各得其所，各行其是。

另外，在一个求新求快的娱乐文化甚嚣尘上的时代，文学批评要处理好“冷”与“热”的关系。从批评方式和风格上看，批评家有两种：一种是“热评家”，一种是“冷评家”。所谓“热评家”，就是与“媒体”周旋较多的批评家。他关注当下的文学动态，热衷于以快捷的方式评介最新出版的作品或者最近发生的文学现象。从精神气质上看，“热评家”是阴性的、柔性的，倾向于以包容的态度接受并肯定一部作品和一个作家，通常显得热情有余而冷静不足。与之不同，“冷评家”则是阳性的、刚性的，充满怀疑和否定的精神，倾向于同流行的文学趣味保持必要的距离。其实，在热与冷之间，还有一种平衡的状态，如李健吾之批评巴金和废名、常风之批评《子夜》、傅雷之批评张爱玲，就不曾因时间和距离上的近，不因感受上的“热”，而丧失判断上的“冷”。一个优秀的批评家，必然是亦冷亦热的，即“温热的心肠”加“冷静的头脑”（warm-hearted and sober-headed）。屠格涅夫在《回忆别林斯基》中说：森科夫斯基不但远比别林斯基“博学”，而且“有机智，有风趣，带光芒”，但是，他“冷酷”，缺乏“热情”，别林斯基则不是这样。他虽然被人称为“冷评家”甚至“酷评家”，但是，无论在做人上，还是在批评上，他都处处表现出真诚和热情。不过，我们的批评界当下面临的问题，不是“过冷症”，而是“过热症”：与媒体的关系过热，与作家的关系过热。倘若我们时代的批评家都能像别林斯基那样严格、冷静和清醒，那么，“文学批评”就不会被异化为广告性的“媒体批评”，就可以始终保持自己的自由和尊严。

四个法国人在一起夸自己的面包店。第一个说自己的是巴黎最好的，第二个说自己的是法国最好的，第三个说自己的是全世界最好的，那第四个，却平静地说：我的面包店是我们这条街上最好的。也许，娱乐纸媒、电视、网络可以自诩为“巴黎”“法国”和“全世界”最好的批评，但是，在我看来，还是以别林斯基的经验为典范的那种“小街上”的批评最好。所以，让我们回到那条宁静的小街，守住那条寻常的小街，因为，在那条小街上，有我们需要的面包店，而它实实在在是最好的。

当代文学批评与创作：失去对称的两翼

文学批评与文学创作之间的正常关系，应该是一种均衡的对称关系和平等的对话关系。它们之间不存在谁依附谁的问题，更不是谁为谁服务的关系。作为两种表达思想和人生经验的不同方式，批评与创作相克相生、互相依存；如果它们在所有方面都高度同一，不分彼此，那批评就消亡了，就失去了存在的意义。

所以，批评家在展开批评的时候，就需要具备一种敢于质疑的勇气，就需要养成一种“不顺从”的精神。弗洛姆在《在幻想锁链的彼岸》中说：“不顺从的历史形成了人类历史的开端的话，那么，顺从就可能会引起人类历史的终结。”对于文学批评来说，“不顺从”就是要始终保持反思的自觉甚至反对的姿态。只有这样，批评家才能使批评通过发现问题而发挥作用，才能维护批评的独立性。然而，很多时候，因为缺乏成熟的问题意识和分析精神，在文学批评与创作之间，便形成了一种“非对称”的关系形态。

从文学的流变过程考查，当代批评与文学创作的关系形态先后呈现出这样三种比较典型模式：一种是批评凌驾于创作之上的压迫性模式，一种是批评为创作“正名”和“辩护”的支持性模式，一种是二十世纪末期以来的批评对创作的依附性模式。前两种关系形态起讫于二十世纪五十年代初期至一九七六年。在这二十多年的时间里，虽然偶尔也能看到对个别作家和作品的真正意义上的研究和批评（例如，茅盾等人对《百合花》的激赏和严家炎对《创业史》的研究），但是，更为普遍的情形是文学批评成了“政治斗争”的手段——那些掌握着生杀予夺大权的教条主义“批评家”，口含天宪，杀气腾腾，态度粗暴，无限上纲，充满了必欲置人于死地而后快的恶意。这样的批评扼杀了很多才华横溢的作家（例如路翎和萧也牧等），给我们的文学事业造成了无法估量的损失。在这样的关系形态里，创作为“鱼肉”，批评为“刀俎”，基本没有什么平等性和对话性可言。

进入“拨乱反正”的“新时期”，获得“第二次解放”的文学批评家勇敢而又热情地投入到“正本清源”的工作中。他们一方面涤荡极左意识形态的流毒，一方面重新肯定“人性”“真实性”“审美性”和“主体性”的意义。他们致力于拓宽“现实主义”的道路，为文学新人的出现而欢呼，为探索性的创新而辩护。即使对先天就存在不足的“先锋文学”，他们也几乎只赞其“美”，不揭其“丑”。然而，也许因为对杀伐式批评的厌恶，也许是害怕伤害作家的创作积极性，“新时期”的批评家似乎较少用质疑的态度来审视作家创作中的问题（除了几位学者较为尖锐地批评过“寻根派”对“五四运动”的误解和贬低）。表面上看，这似乎有助于作家自由地创作，但是，从长远来看，却阻滞了创作的自觉性的形成和写作能力的提高。事实上，许多当代作家创作中的问题，在八十年代中期就已存在，例如，某些作家对“暴力”和“性”的无节制的渲染，对“阴暗意识”的过度迷恋，以及低级趣味的“恋污癖”倾向等，就因为没有受到尖锐的质疑和批评，所以才发展到后来的“过为已甚”的程度。

二十世纪九十年代初期，文学批评曾经有过一个短暂的活跃期。面对文学的精神危机和道德滑坡，一些批评家忧心忡忡地提出了“人文精神失落”的问题。但是，随着“市场化”的进一步深化，随着作家对市场资源和话语资源的成功占有和利用，批评家似乎感到了深深的自卑和无奈。市场的逻辑和法则似乎是不可抗拒的。泛滥的“性描写”引发的狂潮，滚滚而来，势不可当。低级趣味成了新的审美时尚。写作上的“无耻”和“无知”成了一种时髦，“痞子文学”大行其道。有的批评家虽然也曾发出过“反对”和“抵抗”的声音，但是，似乎收效甚微。也许是因为感到了自己的无力，许多批评家放弃了“反对的姿态”。批评和创作的关系于是便呈现出日渐严重的“非对称”状态。

那么，这种“非对称”的关系的成因有哪些呢?

第一，是文化习惯影响所致。批评的基本精神是“求真”和说真话，它的基本任务是准确地分析一个作家的创作状况，公正地评价一部作品的成败得失，简单地说，就是“论事不论人”。然而，众所周知，中国文化是一种人情文化和关系文化，凡事都要“讲人情”“看面子”“论关系”，常常是“论人不论事”：同样的事情，对关系亲近的人是一种态度和尺度，对关系疏远的人则是另一种态度和尺度。这就很不利于批评的成长和发展。

第二，庸俗的市场法则成为一种消极的力量。九十年代初期的深圳“文稿竞卖”，拉开了将文学作品直接转化为商品的序幕，第一次将写作行为直接转化为商业行为。某些作家的一部作品的“百万元”稿费，更是成为媒体炒作的热点。自此以后，“码洋”和“印数”就成了衡量一个作家是否成功的重要尺度。市场法则的胜利，造成了一些作家的唯利是图和盲目自大，也使得一些批评家要么选择脱离本业，另觅出路，要么改变批评姿态，成为雇佣于“市场”的“推销员”。

第三，娱乐化消解了批评的严肃性。为了获得娱乐的效果，媒体的聚光灯下需要“名人”出场，更需要能让人“津津乐道”的“新闻话题”。如此一来，严肃的文学讨论和文学事件，常常被媒体降低为无聊的口水战，被搅成黑白莫辨的一锅粥，到最后，人们几乎忘却了事件的起因，对内里的真相也不甚了了，所记住的不过是鸡毛蒜皮的“噱头”和子虚乌有的“据说”。而在这样的频频发生的“娱乐剧”里，作家似乎总是扮演着悲情的“受害者”角色，在那些像余秋雨一样受到批评的“著名作家”看来，居心不良的批评家试图通过批评他们而“出名”，而获得不正当的利益。

第四，规行矩步的“学院化”也内在地瓦解着文学批评的精神和活力。本来，严肃的学术性与文学批评并不冲突，然而，很多时候，“学院化”却把学术规范变成了僵硬、刻板的教条，把批评异化为冷冰冰的“尸体解剖”——这种教条主义的“解读”与批评家的精微的感受是脱离的，与具体的作品是不相干的。有的批评家更是削足适履地把外国的最新“理论”与当下的文学作品强行对接，常常为了迎合他者的“理论”而曲解甚至肢解作品。有的时候，在这样的貌似“学术”的“过度诠释”里，作品的问题和缺陷被彻底地遮蔽了，作家的经验和成就则被不切实际地夸大了，例如，余华《兄弟》的“夸过其理”的荒诞描写，就被有的学者根据巴赫金的“狂欢理论”，做了想当然的诠释和不适当的评价。另外，将“文学”无限制地纳入“文化”，从而回避对文本的细读和细评，回避对“文学尺度”的持守，也是最近十年“学院化”批评的一个值得反思的问题。

第五，是“纯文学”观导致的视野狭窄和现实感的丧失。“纯文学”一般被用来强调文学的美学品质，尤其是被用来对抗文学上的极端功利主义主张——作为一种反抗的力量，它有助于克服庸俗的拜金主义对文学的扭曲，有助于对抗压抑性的外部力量对文学的异化，显示出一种抵抗和解放的性质。但是，如果无限制地用它来阐释文学，就容易用“唯美主义”误导人们对文学的理解，容易将一个时代的文学引入一个脱离现实的纯粹“想象”的世界，从而将自己时代的文学引入规模卑狭的困境甚至死胡同里。然而，令人担忧的是，“纯文学”几乎已经成为一个占据核心位置的文学理念，依据于这样的理念，那些狭隘的“个人写作”“身体写作”和“恋污癖”式的写作获得了不容置疑的正统性，那些脱离现实、丧失批判精神的写作也获得了道德上的豁免权，而文学也在所难免地失去了本来应该具有的丰富性和深刻性，从而最终失去了它对读者的吸引力和影响力。有的作家正是借助“纯文学”这个掩蔽体，躲开了批评家对其写作的伦理境界和意义建构能力的质疑。

当然，导致文学批评与创作的“非对等性”的因素，远不止这些。我们时代的“奖励机制”和出版机制也难辞其咎——我们常常把象征着荣誉和成就的“文学奖”，颁给那些并不值得奖励的作家，而有些唯利是图的出版社，则宁愿出版那些商业价值很大而文化含量很低的作品。所以，导致批评的衰弱不振的因素是多方面的，克服这些不利因素的影响，必然是一个漫长而艰难的过程。但是，只要我们认识到了，而且愿意身体力行地改变现状，那么，情况就有望慢慢好起来，批评与创作之间活泼的对话局面和均衡的对称关系，就有可能最终形成。

猪舌检察者与批评豁免权

我有时会收到一些素不相识的朋友寄来的文章。有的只是想听听我的意见，嘤其鸣矣，求其友声，我很感谢他们的信任。有的呢，则是希望我能推荐发表。在后一类中，有一篇批评某著名作家的文章，分析问题很有眼光，也很尖锐，行文却一点不显焦躁、忮刻，担得起“气盛言宜、从容不迫”八个字。我立即把它推荐给一位编杂志的朋友，而且提醒他这是一篇值得重视的好文章。

朋友很快便给了回复。他也认为文章写得很精彩，但是，得先放一放。我问原因。他闪烁其词的解释是：文章批评的那位作家的身份可能要有变化，具体地说，就是有可能从政做领导，因此，最好还是等等，免得陷入被动。过了数日，朋友又发邮件过来，说文章还是不发为佳，因为，水落石出，尘埃落定，那位作家已经不再是一个普通作家了，而是成了直接掌管他们的行政领导。

这件事情，一开始令我大为困惑，觉得他一介书生，如此畏避势家，承颜候色，似乎大可不必，但设身处地一想，也就释然了：他也是实迫处此，别无选择！因为，在一个“拜权教”社会，权力既是许多人追求的生活目标，也是人与人关系微妙的调节器。人在权力序列中的位置发生了变化，他对别人的态度，他脸上的表情和说话的腔调，也都会跟着起变化的；同样，别人在他面前的言谈举止，也会“与时俱进”：不会再像过去那样随随便便、浑不吝了。

细究起来，这种“权力关系学”，不独于今为然，而是源远流长的。早在公元前二〇九年，陈涉同志与人佣耕之时，怅恨不平之际，对几个一同干活的穷哥们说：“苟富贵，无相忘。”到了次年，陈涉的事业一路云帆直挂，凯歌高奏，在陈地建立了气派豪华的根据地。一个尝与陈涉一起在垄上种过地的人，也许是想起了“无相忘”的庄严承诺，便兴冲冲地找了去。他以为今天的陈涉，还是过去的那个田舍郎，便敲着宫门大喊：“吾欲见涉。”警卫员见他如此放诞无礼，当时就要将他绑起来。可他仍然不加收敛，竟然叫着陈涉的名字，拦住他的车驾。等他进到宫里，见殿屋帐帷，美轮美奂，便脱口而出喊了一句："夥颐！涉之为王沉沉者！"翻译成陕西话，仿佛如此："好球势！狗日的陈涉把事情弄大咧！"

这是一句人人都知道，但谁都不敢说出口的大实话。虽然这莽汉直接表达的，不过是对成功者的艳羡，但也抖落出陈涉造反的目的，实在不过是为了求一己之"富贵"而已。如果说了这句大不恭敬的大实话之后，他能立即觉悟，悄悄离开，那就两下里相安无事，宾与主皆大欢喜。然而，谁知这位不知高低深浅的二杆子，完全不明白今非昔比的道理，一点儿看不出陈涉和他的扈从死眉瞪目、很不耐烦的样子，仍旧神色怡然，进出宫殿，摇头曳尾，愈益发舒。他这种严重的"自由化"表现，当然是不能原谅的错误行为。于是，就有人对陈涉进言了："客愚无知，颛妄言，轻威。"他的话点到了陈涉最敏感的部位：陈涉最在意的就是自己的"绝对权威"，最怕的就是别人无视他的尊严、降低他的威信。于是，这位当年故人，便被推出去斩讫了事。

陈涉故友死得的确有些冤枉，但陈涉的杀无赦，却也不难理解。你说他死于陈涉固然不错，但说权力假陈涉之手杀了他，似乎更为准确。的确，权力乃是一种古怪而神奇的精神现象。它总是想方设法让自己显得威严可怕。它能让人陷入疯狂可怕的自我中心主义，从而产生一种高人一等的幻觉和享受种种特权的欲望。权力意味着支配和服从，所以，有权的人便很在意尊卑高下的等级秩序，便惧怕别人冒犯自己的特权和威严。虽然，文学也是一种权力，但却与世俗意义上的权力，迥乎不同：它反对的恰是那种唯我独尊的自大和藐视群伦的傲慢。如果说权力意味着束缚，那么，文学便意味着自由；如果说权力意味着差别，那么，文学便意味着平等；如果说权力意味着对反对意见的压制，那么，文学便意味着对批评声音的包容。然而，文学场里的实际情形，却每有违情悖理、大谬不然者。

近日，我在今年的《小说评论》第二期上，读到一篇题为《自述》的短文，是一个“年轻”而且“著名”的作家写的。他先是说自己，此谓之“自述”，“自述”完了，接着便是“他述”——漫不经心地谈起中国当代的“优秀作家”来。他的评价尺度很奇怪：根据一个作家的“身体”，来判断他是否优秀。他说，“你问我热爱谁？莫言。莫言是伟大的小说家。我喜欢他身体好。他身体好不好？我不知道，但我认准他身体好。当我作为一个读者看小说的时候，我是有点怪的。透过文字，我喜欢看这个作家身体好不好，能不能吃。只要我认为这个作家有非常强健的体魄，我就一定喜欢他的小说”，而在他看来，“莫言是有两颗脑袋、三颗心脏、四个胃、八个肾，而这个荒谬的感受就是莫言的文字给我造成的印象”。

这位作家的高论宏议的确“有点怪的”，虽然表面上看，显得很有气势，很有深意，符合古人“势家多所宜，咳吐自成珠”的说法，但其实很有些骄倨傲暴、英雄欺人的意思在里头。他似乎故意不肯把话说得合乎事理常情，硬是要用夸张的语言把话说得忽忽悠悠，让人不得要领。你从一个人的身体里找“伟大”，倒也不是不可以，但你得把话先说明白：你究竟是先认为一个作家身体好，然后才“一定”喜欢他的小说呢，还是先读了作家的小说，然后才会有对他身体的“荒谬的感受”？接下来的问题是：如果“伟大”纯粹决定于作家的“身体”，决定于“惊人的能量”带给你的眼、耳、鼻、舌、身的刺激，那么，这样的“伟大”与精神上的伟大是什么关系？有什么不同？作为一个渴望被精神之光照亮的读者，我还想知道，对文学来讲，单凭“身体”是否能够担荷起“伟大”的重负？

然而，最令人费解的还不是这些，而是下面的这段妙论：“当然，莫言的小说也有很多毛病，但是，他就是这样，我认为莫言是一个可以在批评面前获得豁免权的作家。他有毛病又怎么样？要求莫言完美是野蛮的。”

这就有些不讲道理了，从逻辑上说，比陈涉之杀故友，更显颟顸恣睢。为什么一个作家的作品明明“有很多毛病”，却“可以在批评面前获得豁免权”呢？什么叫“他有毛病又怎么样”？有了“毛病”，当然不能“在批评面前获得豁免权”了，当然就要受到“批评”的“不满”的质疑和

"反对"的解构了。如果"要求莫言完美是野蛮的"，那吹捧"莫言是伟大的小说家"就很文明吗？在我看来，要求莫言"完美"几近愚蠢，吹捧他"伟大"也很不智慧，而持之有故、言之成理地分析、揭示他作品中的种种问题，则无疑是负责任的态度和应该支持的行为。

那么，这位作家为什么如此惧怕和拒绝批评？为什么要替莫言"在批评面前"要求"豁免权"？这反映出的是一种什么样的怪异心理呢？

我以为，往小里说，这是因为他不懂批评的意义和功能，往大里说，是因为他缺乏最基本的民主意识和平等理念。不懂批评就很容易误解批评，甚至惧怕批评，就倾向于认为批评本质上是消极的，破坏性的，是"谁红跟谁急"的嫉妒和搅局，是对他人丧心病狂的羞辱和侮蔑，是因为小小的不快而死缠烂打的报复和泄愤。他不知道批评也是一种显示尊严的文化行为，也是一种"独立的体裁"，也体现着严肃的态度和高尚的追求。而缺乏基本的民主意识和平等理念，一个人就会产生一种特权意识，就会利用一切借口谋求对自己有利的"豁免权"。这种对逃避批评的"豁免权"的要求，与陈涉大王的禁止别人在他面前"妄言"，同出一辙，毫无二致。

换一个角度来看，当代作家之所以厌恶真正的批评、逃避尖锐的质疑，一方面是自大和自恋的虚荣心理在作祟，另一方面，则是因为他缺乏充分的自信心和力量感。自我感觉过于良好的人，不仅在自我评价时，高自标树，大吹法螺，而且渴望来自社会的评价也同样好、同样高。这样，他就很容易排斥批评性的意见，就会怀疑别人的动机，一旦遭遇尖锐的质疑，便觉得受了极大的委屈和伤害，以至恼羞成怒，恶语相加。与虚妄的自大和自许导致的情绪性反应相对应，缺乏自信心和力量感导致的强烈焦虑，则是许多当代著名作家内心深处的另外一种精神图景。

然而，一个姑娘，只有当她被人爱的时候，她才有可能体验到爱情的幸福；一个拳击手，只有当他站在拳击场上，击打对手并且被对手击打的时候，他才有可能是一个真正的拳击手。同样，一个作家，只有当他被阅读、被批评的时候，他才能被证明在文学的意义上是活着的，套用笛卡儿的那句话来说，就是："我被批评，故我存在。"如果由于某种原因，一个靠写作立身的人，真的"在批评面前"获得了"豁免权"，那么，容我不客气地说，他在文学上的死灭大概也就为期不远了。我们可以说他是一个"重要"的人，但却很难再说他是一个"文学"的人。

蒂博代在他的《六说文学批评》中，曾引用过伏尔泰的一段话："我们看到，在致力于文学发展的现代国家里，有些人成为职业批评家，正像人们为了检查送往市场的猪是否有病设立了专门检查猪舌头的人一样。文学的猪舌头检查者没有发现一个健康的作家。"伏尔泰说"没有发现一个健康的作家”，与其说是描述性的事实判断，毋宁说是对批评的基本原则的宣示和坚执。因为，在他看来，批评，尤其是对“伟大”作家的批评，从来就不是肯定意义上的，而是否定意义上的，或者说，是病理学意义上的。他在一篇题为《论喜剧》的文章中，说过这样一段我曾经称引过的话：“批评应侧重伟大人物的不足；若由于偏见连他们的毛病也欣赏，那么不久我们就会步其后尘。那么我们从名家那里得到的启示，或许便是如何将作品写坏了。”

结论很明确，批评家就是猪舌检查者，作家则是应该被检查的对象。作家越是“伟大”，批评家越是要检查其“不足”，——这倒不是偏要跟他过不去，而是因为他更容易成为效法的榜样，追攀的楷模，如此说来，对他的批评，其实就是对文学理想的守护，对文学信念的捍卫。既然这样，那么，就没有谁可以享有“在文学批评面前的豁免权”，无论他事实上有多么“伟大”，无论他的“体魄”显得有多么“强健”。

文学批评：若无盛气会怎样

一

文学批评，大略说来，有这样两种：一种是说“好听话”的，一种是说“难听话”的。好的批评，当然应该态度公正，标准客观，好处说好听话，坏处说难听话。只看见坏处看不见好处，一味地说难听话，要不得；只看见好处看不见坏处，一味地说好听话，同样要不得。而更糟糕的，是把残缺当完美，拿劣作当杰作，“宜诫翻奖，应呵反笑”，因为，这将淆乱一个社会的文学的评价尺度，也将败坏一个时代的文学风气。

喜欢被人赞扬，是人类的一个可爱的弱点，无论多么不着边际的好听话，人们总喜欢听。因此，说好听话，即使说得天花乱坠，离题万里，说话的人也总能得着便宜，至少，不至于讨人厌，遭人恨。

害怕被人否定，则是人类的另一个可爱的弱点。因此，说难听话，即使说得持之有故，言之成理，也总是被人误解，甚至会受到猛烈的攻击和严重的伤害。

黄连救人无功，人参杀人无罪。于是，许多批评家宁愿选择做总能得着好处的“人参”，不愿做劳而无功的“黄连”。为说真话，而惹他人不快，而让自己受累，何苦来哉？

其实，“好听话”与“难听话”，本无所为好坏，关键看它讲得是否合乎实情。如果言过其实，那么，“好听话”就一钱不值，如果言实相符，那么，“难听话”就大有裨益。

然而，道理好讲，做起来还是很难。一个人，如果没有执着的专业精神，没有对文学的纯粹的态度，没有最起码的自尊心，是不可能成为一个敢说“难听话”的批评家的。一个合格的批评家，要有一股子不肯随顺的“盛气”，要有一点耻感，要把随喜说好话、顺势说假话，当做有伤尊严的事情；甚至，还要有点牺牲精神，要把被误解、受伤害，看作自己应该承担的义务。文学批评文风之好坏与境界之高下，从专业能力方面看，决定于批评家是否有成熟的判断力和表达力，从伦理精神方面看，则决定于他的气是否很盛、耻感是否很强。

二

从中国文论的角度来看，作文的要道，全在一个“气”字上：气盛则言宜，气衰则言乖。故自孟子首倡“养气说”以来，“文以气为主”（曹丕：《典论·论文》），就成了中国诗学理论中的黄金定律和不易之论。唐宋两朝论文章，尤喜以“气”作比譬。刘禹锡说：“气为干，文为支，跨跞古今，鼓行乘空，附丽不以凿枘，咀嚼不以文字。”（《答柳子厚书》）而韩愈的比喻更形象，也更有名——他将“气”喻为“水”，将“言”比作“物”，视“气”为决定写作成败的关键：“气盛则言之短长与声之高下皆宜。”（《答李翊书》）逮及清代，“文气说”益昌，强调的语气，也更加斩截，类似“有气则生，无气则死”这样的话，几乎成了挂在一些学者嘴边的流口常谈。

作为一种复杂的结构，气至少由三个层面构成：一个是生理学层面，一个是心理学层面，一个是伦理学层面。其中既有先天生成的一面，也有后天养成的一面；就前者说，它具有一定的稳定性，就后者说，它又具有可重构的变易性。虽然就其最初形态来看，气无非是“鼻息出入之气”，但是，通过积极的修养，这种自然形态的“生理之气”，可以逐渐升华为精神形态的“心理之气”与更高意义上的“伦理之气”：“理气此气，血气亦此气，圣贤庸众皆此气，辨在养不养耳。”[1]

那么，对文学批评来讲，最为重要的，是什么样的“气”呢？

答曰：是伦理意义上的“盛气”，即充实而勃郁的浩然之气。它是真气、英气、正气、胆气的混合体，是批评家在克服了内心的顾虑和恐惧之后所获得的一种个性舒展、情绪饱满、心智活跃的状态；只有进入这样一种状态，批评家才能以一种自由的心态进行写作，才能淋漓尽致地表达自己的思想和情感。相反，如果处于气虚和气竭的状态，那么，他就会因为胆怯而左顾右盼，而言不由衷地说漂亮话，而虚头巴脑地说好听话。尽管，对一个批评家来讲，情、识、才、学也很重要，但相提而论，浩然之气更为重要，因为，没有它的推激和支持，批评家的内心就缺乏勇气和活力，他的情、识、才、学就很难被充分地表现出来。

事实上，这种浩气甚至还应该有“怨”和“愤”的因子，即因为强烈的不满和热切的渴望，而表现出来的质疑精神和批判性诉求。在司马迁看来，“诗三百篇，大抵圣贤发愤之所为作也”，而“意有所郁结”则是圣贤们著书立说的共同的心理状态。《史记》之所以成为一部不朽的著作，一个重要的

---

① 谭嗣同：《谭嗣同全集》上册，《思篇·二十八》，中华书局1981年版，137页。

原因，就在于作者的胸臆间，也有一股沛沛然的浩气，就在于他的浩气里，流贯着敢“怨”、敢“发愤”的精神。李卓吾在《焚书》中论及《伯夷列传》时，便肯定了这一精神，同时，他也批评了后代学者的气沮色挠，没有出息：“今学者唯不敢怨，故不成事。”的确，文学批评的不发达，往往不是因为批评家的气“太盛”——所谓“盛气凌人”的批评，其实并不多见——而是因为气太弱，弱到了近乎低首下心、低声下气、没有耻感的程度，因此，便无痛痒，无不满，无对话，无交锋。然而，浮枵不实的好听话，却是现成的，只要面对的是自己的“朋友”或有点儿名头的作家，那么，无论他写出来的是什么样的烂作品，都有人热情而慷慨地赞美它——他们的赞美，有时几乎到了黑白不辨、美丑不分、善恶颠倒的程度。子曰，“巧言，令色，足恭，左丘明耻之，丘亦耻之”；吕坤也说，“沾沾煦煦，柔润可人，丈夫之大耻也”。一个丧失耻感的人，大体上就是一个无可无不可的混世主义者；而批评家一旦丧失了耻感，便很有可能把说假话当做家常便饭，就有可能成为“柔润可人”的乡愿。

所以，古人的耻感，我们也应该有，不可因为我们的不肖，而使先人独专斯美。然而，正是在“知耻”一事上，我们却有违祖训，显得很不成器。

三

却说，最近，我有幸阅读了一部涉及五代之乱与宋辽之争的名为《西夏咒》的当代小说。在这部小说的“后记”里，作者自称已经有了这样的认识和觉悟：“时下的文坛，定然缺乏能使人健康向上的土壤和气候。”因而，为了远离贪嗔痴“三毒”，他已经“全身心地进入了宗教”，然而，他所信奉的宗教——一种我闻所未闻且名称很怪的“宗教”，不仅没有帮他变得更加智慧和成熟，反而使他连最基本的事实感和判断力都丧失了。这部作品的“反小说”的叙事和粗糙的语言所造成的阅读障碍，已经很折磨人了，然而，更让人惊诧和难以接受的，还不是这个，而是它的历史观和宗教思想——它对民族英雄的贬损，对觍颜事敌者的赞美，实在是太出格、太离谱了。

五代之际，中国进入了政局最为纷乱的时期，也进入了世风浇漓、士节最差的时期，正像蔡东藩所说的那样：“‘甚矣哉！中国之乱，未有逾于五季者也！’天地闭，贤人隐，王者不作而乱贼盈天下。……铤而走险，虽夷虏犹尊亲也，急则生变，虽骨肉犹仇敌也。元首如弈棋，国家若传舍，生民膏血涂草野，骸骼暴原隰，而私斗尚无已时。”（《五代演义·自序》）正因为关怀世道人心，正因为看到了砥砺士节、匡救世风的迫切性，陈寅恪先生才在《赠蒋秉南序》中，高度评价欧阳修的《新五代史》：“欧阳永叔学韩昌黎文，晚撰《五代史记》，作‘义儿’、‘冯道’传，贬斥势利，尊崇气节，遂一匡五代之浇漓，返之纯正。”然而，我们时代的这位对西夏文化情有独钟的小说家，却偏要跟欧阳修唱反调，立志要给冯道和秦桧这样的无特操、没骨气的人翻案。在他看来，面对异族的侵凌，反抗便是灾难和罪恶，而妥协才是出路和功德；所以，抵抗外侮的岳飞、陆游和文天祥就是罪人，而敢于投降的秦桧、冯道和洪承畴则是英雄，是被人们长期误解和冤枉、因而需要重新评价的救命菩萨。然而，历史不是任人打扮的小姑娘，不是由人团捏的软泥巴，对那些是非已经有定论的历史事件，那些忠奸已经有定评的历史人物，后来的人们固然可以有不同的看法，但是，无论他的立场和观点多么具有“现代性”和“宗教感”，都不能丧失最基本的历史感，都不能颠覆那些最基本的道德标准和价值尺度。

就拿冯道来说，他“历四朝，相六帝”（《旧五代史》卷一百二十六），无论站在旧道德的立场来审视，还是用新道德的尺度来衡量，问题都是很严重的。在司马光眼里，他“朝为仇敌，暮为君臣，易面变辞，曾无愧作”（《资治通鉴》卷二百九十一），毫无气节和人格可言；在欧阳修笔下，他“视丧君亡国亦未尝以屑意”，沾沾然以“长乐老”自命，实“可谓无廉耻者矣”（《新五代史》卷五十四），是只配归入“杂传”的。然而，在我们时代的这位小说家的叙事里，他却是“世间法意义上的‘菩萨’”：“在一次次改朝换代的血雨腥风中，冯道用智慧和幽默，为百姓拒绝了指手画脚的一把把屠刀，真正把屠夫的凶残化为一笑了。”鲁迅“怒其不争”的反讽，被生吞活剥地转换成了冠冕堂皇的“正言”：摧刚为柔，扭直作曲的功夫真是了得！

文天祥《过零丁洋》诗云：“人生自古谁无死，留取丹心照汗青。”但是，在这位作者的笔下，文天祥陷阵却敌、不避汤火的英雄行为，不仅无功，而且有罪：“在所谓的‘汗青’中，耀武扬威的，恰恰是帮凶和罪人。”总而言之，“所谓的‘民族大义’，其实是一个心胸狭窄的小部落对同类举起屠刀时理直气壮的嚎叫。……千年来的文人们讴歌的，便是这个了”。在这部神道设教、故弄玄虚的作品里，“宗教”被当做旗帜举起来，尊严却被当做泥土踩在脚下，个人、国家和民族的尊严，全然没有了意义。只要能活命就够了，管他天下是谁家的天下。

本来，严肃意义上的文学批评，应该具有严格的尺度和严谨的态度，要对作家的不成熟的创作和不可靠的思想，进行冷静的反思和对话性的质疑，从而向社会提供负责任的判断和有价值的“批判性话语”。然而，让人困惑和失望的是，面对这样一部忠奸不辨、厚诬古人的小说，我们的一些批评家，却不仅没有表现出最起码的质疑精神，反而在发言和文章里，说了一大堆不着边际、文过饰非的好听话，竟然认为这位作家的“文学成就”被低估了，竟然认为他已经进入为数不多的“大作家”的行列了，全然没有正常的文学批评所应该有的“盛气”——面对问题直言不讳的正气和胆气。

四

是的，在那些热诚的批评家的内心，总有一股不可遏抑的盛气。当然，“气盛”不是为了“凌人”，而是为了“立言”，为了维持真理和批评的尊严，使它不至于堕到尘埃里。批评是与自尊和良知密切相关的事业，而正直、勇敢地表达自己的感受和判断，则是批评必须服从的道德律令。

几乎所有优秀的批评家，都是敢说真话的人。他们也许显得尖锐、冷峻，但却毫无恶意。他们不怕得罪人，也很少考虑因为批评自己会失去什么样的利益。在对待批评上，他们所表现出来的，是纯粹的学术态度和高尚的专业精神。李长之对鲁迅的批评，常风对《子夜》的批评，李健吾对巴金《爱情三部曲》的批评，傅雷对张爱玲的《倾城之恋》和《连环套》的批评，苏雪林对沈从文小说种种缺点的批评，朱自清对“鸳鸯蝴蝶派”的批评，余光中对朱自清散文和“民初的游记”的批评，龙应台对无名氏与王祯和小说的批评，都是二十世纪中国文学批评史上值得称道的典范。其中，最难能可贵的，是常风先生对《子夜》的坦率批评。要知道，自一九三三年六月出版之后，茅盾的这部作品就受到几乎众口一词的赞扬，瞿秋白甚至将这一年称作“子夜年”，认为“这是中国第一部写实主义的成功的长篇小说”，而“一九三三年在将来的文学史上，没有疑问的要记录《子夜》的出版”。

然而，对这样的评价，常风先生却“不敢苟同”。一九三六年十月，他在一篇文章中，勇敢地表达了自己的“愚暗的意见”：“我们愿意坦白直率地说：这部《子夜》是一个失败，一个大失败。……就《子夜》的中心人物吴荪甫来说：这简直是一个无灵魂的木偶。这是一个多种人格的混合物，但是在叙述中似乎缺少若干必要的说明。像傀儡戏中的木头人一样，吴荪甫是一个被劣等的玩傀儡戏者在摆动着。这部伟著的开始就是一个不幸的征兆。描写吴老太爷和那位跟随他从乡下来到上海的小姐过分的闹剧化，讽刺的堕于恶趣。作者布置了那样广阔的场面，海错山珍，无美不臻，但是他却明显地表示出他需要更大的魄力——关于处理题材和描写——与更深刻的观察力——关于抉择和认识题材。《子夜》是一个失败—— 一个惨痛的失败，那样丰富的一席盛宴。”倘若放在今天，这样的直言无隐的批评，肯定要被我们时代忠厚可掬的人们，归入“酷评”之列的。然而，关于《子夜》，常风先生提供给我们的，却是最有事实感和问题意识的观点，也是最值得珍惜的意见。可以想见，如果没有足够的勇气，如果没有那股“盛气”，常风先生断然不会冒天下之大不韪，发出那一通几乎要犯众怒的议论来。

伟大的别林斯基——他的名字几乎可以被当做“批评家”的代名词，也是这样一位“气”很“盛”的批评家。他真诚地肯定过许多作家的成就，但也批评过不少作家的问题，即使对自己曾经欣赏和赞扬过的果戈理，一旦发现他后来的创作出了问题，他也照样会毫不留情地进行批评。事实上，这种充满激情的批评精神，在关于文学的学术研究中，也是特别需要的。不少有成就有影响的研究文学的学者，同时也是优秀的批评家，而他们的著作里，也都充满批评的激情和“盛气”。例如，在勃兰兑斯的《十九世纪文学主流》中，在李长之的《司马迁的人格与风格》中，在布斯的《小说修辞学》中，在利维斯的《伟大的传统》中，在马克·斯洛宁的《苏维埃俄罗斯文学》中，甚至在布鲁姆的值得商榷的《西方的正典》中，我们都可以强烈地感受到批评精神的存在，也能感受到一股“盛气”的存在。

五

在广受欢迎的《十九世纪文学主流》里，勃兰兑斯这样评价夏多布里昂：“夏多布里昂不像歌德那样是一个平静的人。在他的摇篮的上方闪耀着不祥的星；他和拿破仑是同年生的，那个刀光剑影的时代的残酷黯淡的特征在他的作品里是有明显的反映的，给了他们一种狂野的品质。”这样的文字，优美而深刻，一针见血，充满“盛气”。这股气，他在评价海涅、贡斯当、巴尔扎克、司汤达、梅里美、乔治桑、缪塞、圣伯甫等人的时候，表现得更为淋漓尽致。

勃兰兑斯的批评，给我们提供了这样一个启示：批评的文风，不仅是一个语言和形式的问题，还是一个与批评家的精神状况密切相关的问题；文体问题其实就是文气问题，而文气则与心气相通，是作者的个性、气质、人格和德性的外在表现。《易经·系辞下篇》里说：“将叛者其辞惭，中心疑者其辞枝，吉人之辞寡，躁人之辞多，诬善之人其辞游，失其守者其辞屈。”这是一段极为深刻的话。它说明，文风的形成和差异，其实就决定于批评家的性格特点和人格状况，甚至决定于他们在特定情境下的伦理行为和道德体验。所以，仅仅从语言学和修辞学的角度，从技巧和形式的角度，根本无法完整而全面地揭示文风形成的原因。

勃兰兑斯在谈及法国“浪漫派”的时候，说过一段很长也很精彩的话。他说，作家若是看着公众的脸色行事，为了赢得自己时代人们的赏识而写作，那么，即使他赢得了桂冠和财富，他也是不存在的，他的作品也是毫无价值的。因此，一个优秀的作家，只有当他“没有任何思想顾虑，道出了他的亲身感受，写出了他的亲眼所见的每一部这样的作品，不管它的刊印的版本多么稀少，却是一部有价值的文献，而且将永远是有价值的文献”。

其实，对文学批评家，也可作如是观。打油诗云：文章所贵在风骨，最是盛气不可无。史公昂首敌万岁，鲁迅横眉对千夫。若非一士能谔谔，哪得百姓破铁屋。可怜后来诸公者，唯习拍马屠龙术。对文学批评来讲，所谓“盛气”，是含着“气节”和“正义感”的意思在里头的，与“耻感”是相通的。一个好的批评家，只有当他行己有耻、不仰人鼻息的时候，只有当他敢于坦率地表达自己的真实感受和思想的时候，他才有可能写出有价值的批评文章，他的文体才有可能是活泼的、热情的、有个性的，才能最终达到韩愈所说的那种“气盛言宜”的境界。

谁能割下一磅不带血的肉？

对中国当代文学来讲，漠视政治，疏远政治，起先是一种时髦，后来则成了一种习惯。这种“政治冷淡症”造成的直接后果，便是文学叙事的流于琐碎和浮薄。

兰摧玉折，事出有因。在很长的时间里，当代文学被动地依附于政治，被迫按照流行的政治观念，按照公式化的创作方法，图解和宣传当下的政策。这种消极的关系模式，是造成文学上“去政治化”的根本原因。南斯拉夫作家丹洛尼·契斯在《我不相信作家的幻想》一文中说：“二十世纪的一个典型的错误就是文学与政治的混合和纠结。很简单，我们作家曾被强制如此。”[1]由于受过“被强制”的痛苦，所以，他在另一篇题为《反讽的抒情》的文章中说：“能够避免政治化的人是幸福的。能够解决政治与哲学、政治与诗之间的对立问题的作家是幸福的。”[2]看来，这种因为“被动”和“被迫”导致的“对立”，非一时一地的个别现象，而是一个在世界不少地方都曾存在过的问题。

一种极端往往导致另一种极端。随着政治对文学的极端功利主义的奴役的终结，极端唯美主义又以“拨乱反正”的名义，将政治与文学分离开来。在纯文学论者看来，没有什么比政治离文学更远的了。他们倾向于把文学理解为一种纯粹个人的事情，或者，理解为纯粹的技巧和唯美的形式。就这样，文学为自己设计了安逸的生存策略，但也选择了一条没有前途的道路。

与此同时，外国的唯美主义文学理念，也给无根的当代文学，提供了价值观上的支持。哈罗德·布鲁姆的“分离主义”文学观，就得到了某些中国支持者的共鸣和回应。一些中国学者如获至宝地把布鲁姆的“憎恨学派”当做批判的利器，毫不客气地用它来命名那些敢于坦率怀疑和否定的批评家。殊不知，在《西方正典》一书中，布鲁姆不仅将包括马克思主义和女权主义在内的许多介入性的批评学派命名为“憎恨学派”，

---

① 伊凡·克里玛等：《地下：东欧萨米亚特随笔》，景凯旋编译，花城出版社2010年版，49页。

② 《地下：东欧萨米亚特随笔》，65页。

而且还将托尔斯泰当做这个学派的“尚未认可的先辈之一”[①]。

布鲁姆的从文本到文本的文学观，完全排斥了包括“政治”在内的关联性因素。他说，“审美与认知的最大敌人是那些对我们唠叨文学的政治和道德价值的所谓卫道者”[②]。他反对从社会学的角度来研究文学：“我认为审美只是个人的而非社会的关切。”[③]他甚至给出了这样一个在逻辑上不通的审美判断标准：“我本人坚持认为，个体的自我是理解审美价值的惟一方法和全部标准。”[④]人们会问：“唯一方法”和“全部标准”是如何体现于不同的“个体的自我”身上？所有的“自我”都拥有完全相同的“唯一方法”和“全部标准”吗？如果答案是肯定的，那如何可能？如果答案是否定的，那么，到底是什么因素造成了“方法”和“标准”的差异？不同身份、信仰、地位和文化背景的人在“审美理解”上是否会有差异？如果有，“憎恨学派”的存在不就是合理的吗？他们的见解和主张不是也可以构成属于他们自己的“唯一方法”和“全部标准”吗？更令人费解的是，布鲁姆竟然否认文学的社会影响力，否认文学的文化功能，甚至不怕说出违背常识的观点：“相信文学批评会成为民主教育或社会进步的基础，这种

---

① 哈罗德·布鲁姆：《西方正典》，江宁康译，译林出版社2005年版，41页。

② 《西方正典》，28页。

③ 《西方正典》，12页。

④ 《西方正典》，16页。

看法是不对的。”他宣称自己写《西方正典》的部分目的，“就是要挑战左的和右的文化政治学，因为他们正在摧毁批评，也许随之还在摧毁文学本身”[①]。

事实上，文学自从它产生以来，就对人类的社会生活发挥着推进的作用，正像加西亚·马尔克斯所发现的那样：“在优秀文学作品里我发现总有一种摧毁已被确立的、被强加的东西和促进建立新的生活方式和新的社会制度的趋势。总之，是改善人们生活的趋势。”[②]否认这种影响，否认优秀文学的这种“趋势”，要么是出于无知，要么是出于傲慢，而不论其原因何在，都不利于人们深刻地认识文学的本质，不利于人们从“政治”等角度完整地理解文学的价值。

正像政治是人类生活的具有核心意义的内容一样，政治也是文学价值构成中甚为重要的部分。虽然，的确存在仅仅表现纯粹的个人感受，或者纯粹表现人与自然亲和关系的作品，虽然，在这样的作品里，政治的色彩和影子是虚淡的，甚至是完全没有的，例如在李白的《静夜思》、杜甫的《春夜喜雨》和王维的《山居秋暝》里，你就很难找到“政治”的元素，但是，这并不说明写这些诗的诗人完全是“非政治”的人。事实上，杜甫、白居易等唐代诗人也写过大量的政治

---

① 《西方正典》，45页。

② 林一安编：《加西亚·马尔克斯研究》，云南人民出版社1993年版，154页。

诗，正是这些勇敢地介入现实、真实地反映了自己时代人们的政治生活境况的诗，确立他们作为伟大诗人的地位，使他们获得了人们的爱戴和尊敬。

诗犹如此，叙事性文体就更是这样。如果谁试图写出一部全面而广阔地展示一个时代的生活图景的叙事作品，那么，他就不能没有政治的视野，就不能没有对生活的政治维度的思考和理解，否则，他对生活的表现就有可能是不完整的，甚至是肤浅和虚假的。鲁迅的《野草》《故事新编》等想象性较强的作品，无疑显示着他过人的才华，但是，他的伟大却主要是由《呐喊》《彷徨》等具有很强的现实感和批判性的作品表现出来的，尤其是由那些直接介入现实的杂文作品确立的，可以说，如果没有《记念刘和珍君》《淡淡的血痕中》《无花的蔷薇》《为了忘却的记念》《灯下漫笔》《春末闲谈》等直接谴责暴政和中国专制文化的作品，那么，他在人们心目中，恐怕就不会像现在这样伟大。

所以，一个优秀的作家，往往首先是一个关注政治的人，甚至干脆就是一个富有洞察力的政治家。霍尔巴赫在《自然政治论》中说："在一个政治紊乱的社会里，几乎所有的社会成员都互为仇敌。每个成员都只为自己生活，很少顾及他人。每个人都只受自己的欲望支配，只考虑与社会利益背道而驰的私人利益。"既然政治对人们的生活如此重要，那么，以表现人的境遇和命运为职志的作家，怎能丧失关注它的兴趣和热情？

加西亚·马尔克斯肯定能够理解并乐意接受霍尔巴赫的观点，因为，他曾这样强调政治与文学的血肉关系："关于现实，我认为作家的立场就是一种政治立场。……改变那个社会的任务如此紧迫，以致谁也不能逃避政治工作。而且我的政治志趣同文学志趣都从同样的源泉中汲取营养：即对人、对我周围的世界、对社会和生活本身的关心。文学志趣是一种政治志趣，政治志趣也是一种文学志趣。两者都是关心现实的形式。"①他认为作家应该承担起对读者的政治责任，应该在政治上做出自己的贡献："作家的伟大政治贡献在于不回避他的信念，也不回避现实，而是通过他的作品帮助读者更好地懂得什么是他自己国家、他所在的大陆、他所处的社会的政治现实和社会现实；我认为这是件重要的、积极的政治工作；我认为这是作家的政治作用。"②他在与门多萨对话的时候，再次谈到了这个话题："我经过长时间的思考，终于懂得了，我的职责不仅仅是反映我国的政治和社会现实，而且要反映本大陆乃至全世界的现实，绝不忽略或轻视任何一个方面。"③

生活在二十世纪的加西亚·马尔克斯关注政治，留意从政治的角度观察自己的时代，从而使自己成为一个充满政治热

① 加西亚·马尔克斯：《两百年的孤独——加西亚·马尔克斯谈创作》，朱景冬译，云南人民出版社1997年版，132页。

② 《加西亚·马尔克斯研究》，178页。

③ 加西亚·马尔克斯、门多萨：《番石榴飘香》，林一安译，三联书店1987年版，82页。

情的作家，使自己的作品成为高度政治化的文本，那么，生活在十七世纪的莎士比亚，是否也是这样呢？

阿兰·布鲁姆和哈瑞·雅法曾经专门研究过莎士比亚戏剧中的政治问题，考察过他从政治层面塑造人物的成熟经验和伟大成就。在他们看来，“政治为所有人和所有人性提供自由发展的框架，吸引着最有趣的激情和人物”。[①]也许正是因为明白这个道理，所以，莎士比亚就特别留意从政治学的角度观察和研究人。他自己因此成了“一位卓越的政治家”。谁若想全面而深刻地理解莎士比亚和他的作品，谁就必须懂得政治，或者，至少不能是一个对政治问题毫无知识的人：“富有政治激情、受过政治教育的人比纯粹的个体化的人更能理解莎士比亚。”[②]总之，我们必须承认这样一个事实，那就是，如果没有没有政治家的素质，莎士比亚就不可能写出那些伟大的戏剧。不仅如此，任何一个作家，如果他忽略政治，他就无法全面而准确叙述人们的生活，也无法深刻地揭示生活的真相和奥秘。“任何生活方式的改变都以政治的变革为先决条件，它们的实现也要依靠政治力量。正是在共同生活中，人们发挥自身的潜能；正是政权决定了共有的生活方式和生活目标。”[③]

---

① 阿兰·布鲁姆、哈瑞·雅法：《莎士比亚的政治》，潘望译，江苏人民出版社2009年版，8页。

② 《莎士比亚的政治》，4页。

③ 《莎士比亚的政治》，8页。

阿兰·布鲁姆如是说。

扮成法官的鲍西娅允许夏洛克从巴萨尼奥身上割下一磅肉，但警告他不得带出一滴血。于是，夏洛克只得放弃了自己的复仇计划：不带血的肉，没法割嘛。政治就是文学的肉中之血。除非你选择的是僵死的文学或者占比例极小的模山范水的文学，否则，你不可能割下一磅不带政治之血的文学之肉。

有伤尊严的文学观

据说，弗洛伊德曾经对爱因斯坦这样抱怨：亲爱的阿尔伯特，我真羡慕你，你看，几乎没有谁敢对你的“相对论”指手画脚，但随便什么人却都敢批评我的“精神分析学”，甚至把我的观点说得一钱不值。

弗洛伊德也许只是说说而已。他肯定明白这样一个简单的道理，那就是“相对论”太过高深，是很少一部分人谈论的话题，而“心理学”则是几乎所有人都可以参与的话题，因为，心理学面对的，是几乎永远无法穷尽的个性差异性和多样性，而这些差异性和多样性，是任何“科学的公式”都无法全部包容进去的。既然如此，所有的问题和结论，可不就都是可以争论的吗？也就是说，任何人都可以根据自己的心理经验来谈论“心理学”问题，都可以跟弗洛伊德这样的心理学专家展开争论。

其实，在很多方面，文学与心理学是相通甚至相同的。它同样是一个具有差异性和多样性的世界。“各师成心，其异如面”，文学尊重每个人的个性和选择，鼓励人们自由地表达自己的观点。它尊重权威，但不迷信权威，因为，在文学的世界里，只有接近事实的深刻洞察和精彩阐释，没有绝对正确的唯一答案。即使坐在你面前的，是伟大的别林斯基，你照样可以对他说：“亲爱的维萨利昂，你的话讲得太精彩了，你的文章更是精辟深刻！可是，关于最后一个问题，我的看法与你略有不同。”

文学的世界接受一切新鲜的思想和有趣的观点，允许人们大胆地提出问题和回答问题。例如，即使博雅如希利斯·米勒教授者，也无妨在《文学死了吗》这样严肃的著作中，近乎随意地说“文学作品总是狂暴的”这样的话，尽管我们可以用陶渊明“采菊东篱下”的经验来质疑他，可以根据王摩诘“坐看云起时”的意境来反驳他，并得出一个完全相反的结论。

但是，阐释文学的自由，也是有个边界的。文学上的事，正像刘彦和所说的那样，“思无定契，理有恒存”（《文心雕龙·总术篇》），因此，无论你对文学的看法有多么独特和新异，大体上总得有个样子，至少不能把文学说成让人无法理解的怪物。然而，在“后现代”的文化语境下，文学似乎已经丧失了它曾经享有的光荣和尊严，已经成了被“恶搞”的对象。许多关于文学的理论真是令人大开眼界，其中的有些观点，不仅是我闻所未闻的，而且是我做梦也不曾想到的。

例如，最近，有一位陈姓小说家，在其新作《冒犯书》的“引言”中这样说道：“这是一个可怕的世界。不管你是否承认。反正我是看到了。你会问，你看到了什么？我告诉你。但你仍会说：这不是真的，你怎么就看到了？你病了。是吧，我病了，我是个不幸的人，因为我看到了你看不到（或者只是不愿意看到）的世界。我所有的不幸就是因为我看到了。生命的本质就是骷髅。”在一通漫不经心的议论里，给人留下深刻印象的，是作者的扭曲作直的任性和固执，至于别的有价值的东西，仿佛很是寥寥。

在我看来，一个人的文学观和人生观之间，存在着耐人寻味的对应性，也就是说，从一个人如何看文学，多少是可以看出他的价值观和人生态度的。反过来讲也成立：一个人有什么样的人生理念，就会有什么样的文学观念。所以，一个认为“生命的本质就是骷髅”的作家，会有什么样的文学观，就是不问可知的了。

你知道这位某出版社正在为他启动一个“冲击诺贝尔”

计划的陈姓小说家，是怎样理解文学的？

他在一篇题为《文学是一种变态》的文章中说：“文学正是一种变态。文学之所以让我喜欢，就是因为，它是一种变态。”然而，似乎觉得光说文学“是一种变态”还不够，他竟然将文学比喻为“蛆”；似乎觉得光自己认为文学是“蛆”还不够，他竟然还要马尔克斯也认为文学就是“蛆”——正在“冲击诺贝尔”的陈姓小说家把自己的观点，强加给了已经获得了“诺贝尔”的马尔克斯，说这位哥伦比亚的伟大作家认为：“文学是人类腐败躯体上的蛆。”

事实上，马尔克斯从来没有说过这样的话。我读过几乎所有翻译成汉语的马尔克斯谈文学的文字，但从来没有看到他把文学比喻为“蛆”。恰恰相反，我通过阅读所了解的马尔克斯，是一个很有正气和正义感的小说家，是一个充满社会责任感的现实主义作家，是一个以认真、严肃的态度对待文学的大师。马尔克斯在《番石榴飘香》中对门多萨说：“对我来说，一个作家能起到的、重要的影响是他的作品能够深入人心，改变读者对世界和生活的某些观念。”[①]他向门多萨解释自己为什么越写越慢的原因：“问题很简单，就是责任心越来越强了。现在我觉得，每写一个字母，都会引起更大的反

---

① 《番石榴飘香》，68页。

响，会对更多的人产生影响。”[①]可见，在马尔克斯心目中，文学是重要而神圣的；它不是作家个人的事情，而是人类的事业，因为，它会对读者的精神生活产生巨大的影响。

马尔克斯反对作家退回到自我，仅仅在“内心现实的基础上创作”，并因此批评博尔赫斯的文学是一种“回避文学”。略萨接着他的话说：“我觉得回避文学是一种逃避具体现实、逃避历史现实的文学；我们可以说，与从具体现实中寻找素材的文学相比，这种文学肯定不如前者重要、不如前者有意义。”马尔克斯认同略萨的判断，说道：“就个人而言，我对这种文学不感兴趣。我认为一切伟大的文学都必须建立在具体的现实之上。但是，说到这里使我想起我们曾经交谈过的一件事。我记得你曾经得出结论说我们小说家是啄食处于瓦解中的社会腐肉的秃鹫，我觉得能回忆起你当时对我说的这一点是有趣的，不知你记不记得起来，我们曾在加拉加斯交谈过。”[②]

不知那位准备“冲击诺贝尔”的陈姓小说家“记不记得起来”？他的“文学是蛆”的奇谈，是否来自对马尔克斯这段话的误记和误读？如果是这样，那么，不妨再认真地读上一遍，看看马尔克斯到底要表达什么样的意思。

---

① 《番石榴飘香》，31页。
② 《加西亚·马尔克斯研究》，174—175页。

也许，有人会说：将文学比作蛆，这不过是一个偶然发生的话语事故，不值得小题大做。

但是，尊敬的先生，我可不这样认为。

在我看来，如此不像话地贬低文学，绝不是什么个别的现象。难道我们的一些非常“著名”的作家不是通过他们的“消极写作”来降低文学的旗帜吗？难道我们的某些批评家不是通过天花乱坠地吹捧“消极写作者”伤害了文学的尊严吗？所以，“文学是蛆”乃是这种语境的文学病树上必然会结出的有虫害的花果；所以，我要说，“文学是蛆”典型地表征着我们时代文学在价值观上的混乱和危机。

那么，为什么要将文学拟喻为“人类腐败躯体上的蛆”？我们的作家为什么要以这样的方式徇俗立论呢？

这是因为，在某些刻意求新的作家看来，只有变态的、畸形的文学，才是真正具有“先锋”性质的“纯文学”；这是因为，很多时候，作家越是粗俗，越是没有教养，越能引起人们的好奇、关注甚至崇拜；这是因为，最根本的，在我们这个时代，一切优秀文学内蕴的那种正气，似乎已经受到巨大的冲击——文学所赖以扎根生长的土壤，被严重地沙漠化了。一九六一年，安·兰德批评濒临“破产”的美国文化时说：“在哲学上，我们被告知人的智力是虚弱无能的，现实是不可知的，知识只不过是一种幻影，理性是一种迷信。在心理学上，我们被告知，人是一种无知的自动装置，被种种他无法控制的力量所左右，被天生的堕落所驱动。在文学上，展现在我们面前的是一系列杀人犯、嗜酒狂、吸毒犯、神经病和精神病患者，这就是现今人类灵魂的代表——并且邀请我们自动对号入座——还不无挑衅意味地宣称生活就是下水道、散兵坑或者就是鼠窜（恶性竞争），同时哼哼唧唧地强迫：我们必须爱一切，除了美德；必须原谅一切，除了伟大。”①从自我认知和反省的角度讲，兰德的几乎每一句话都是值得我们深长思之的。

是的，文学不是向人类的弱点妥协的投降书，不是把庸俗当做荣耀的无聊游戏，恰恰相反，文学表现的是人类战胜自己弱点的光荣记录，是人类为摆脱庸俗的奴役所进行的卓绝的努力。所以，席勒在《关于在艺术中运用庸俗鄙陋事物的想法》（1793—1794年）中说：“庸俗的头脑会以庸俗的加工作贱最高尚的质料，相反，卓越的头脑和高尚的精神甚至善于使庸俗变得高尚，而且是通过把庸俗与某种精神的东西联系起来和在庸俗中发现卓越的方面来实现的。”②他又在《论激情》中说：“一个人当他仅仅服从于他的感性本能的启示时，他就是庸俗地行动；当他考虑到原则而服从于他的本能时，他就是合适地行动；当他仅仅服从于他的理性而不考虑他的本能

---

① 安·兰德：《致新知识分子——安·兰德哲学》，冯涛译，新星出版社2005年版，4—5页。

② 席勒：《秀美与尊严》，张玉能译，文化艺术出版社1996年版，219页。

时，他就是高尚地行动。”[1]

那么，文学之所以成了我们时代的某些作家表现自己的“恋污癖”的手段，之所以成了他们发泄“施虐狂”激情的通道，之所以被某些作家贬低为肮脏的“蛆”，原因就在于他们乐于向自己内心的黑暗的力量屈服，就在于他们满足于渲染庸俗的、反文明的生活事象，或者，像席勒所说的那样，他们不仅缺乏“卓越的头脑和高尚的精神”，而且局限于自己的“感性本能”。

其实，退一步讲，如果只是没有“卓越的头脑和高尚的精神”，也不打紧，因为，只要他对文学怀着起码的敬畏之心，那么，就不至于把问题弄得很糟，就不至于把文学的尊严降低到尘埃里。柳宗元在《答韦中立论师道书》中说：“……故吾每为文章，未尝敢以轻心掉之，惧其剽而不留也；未尝敢以怠心易之，惧其弛而不严也；未尝敢以昏气出之，惧其昧没而杂也；未尝敢以矜气作之，惧其偃蹇而骄也。抑之欲其奥，扬之欲其明，疏之欲其通，廉之欲其节，激而发之欲其清，固而存之欲其重，此吾所以羽翼夫道也。”这是何等庄严的情感！这是何等虔诚的态度！倘若以这样的情感和态度对待文学，即使不能止于至善，恐亦不远矣，至少，断断然不会生出匪夷所思的怪异心思，断断然不会发出将文学比

① 《秀美与尊严》，160页。

为秽物的奇谈怪论。

文学是关乎尊严的伟大事物。倘若我们爱自己，那就应该爱文学；倘若我们尊重自己，那就应该尊重文学；倘若我们将文学说得一钱不值，那么，事实上，我们是在让自己蒙羞受辱。

所以，像“文学是蛆”这样的有伤尊严的文学观，还是越少越好。

最好是，过去既不曾有，将来也不再有。

因为，这实在太煞风景了！

不成样子的扯淡

近来读书，我有这样一个发现：到外国负笈求学，固然可以让人开阔眼界，吸纳新知，但是，也很有可能使一个人对故国的事情，日渐隔膜，下焉者，则使他将一些与中国有关的最简单的常识和最基本的事实，都全然忘却。这简直要使人相信，老子在讲“其出弥远，其知弥少”的时候，大概是颇有一些事实做根据的。

那么，我的这一通议论，到底因何而发呢？

因为两件事：一件事关《红楼梦》，一件事关鲁迅。

本来，《红楼梦》与《金瓶梅》的高下文野，乃是有公论和定论的——前者虽然在语言和描写的技巧上，很受后者影响，但却不仅摆脱了后者的色情描写的粗俗，而且，还在伦理境界上，将中国小说的诗情叙事提高到了前所未有的水平。一个人如果在中国的大学里接受正常的文学专业的教育，是不会将这样一个基本事实弄颠倒的。

然而，一位七十年代出生的中国女性，她先是在美国某名校拿到博士学位，后来又到美国另一名校做教授。她似乎觉得被动接受已有的结论，实在太缺乏“现代精神”和“自我意识”，于是，硬是要颠覆这些基本事实，硬是要否定那些基本观点：她在一本论《金瓶梅》的著作中，对《红楼梦》嗤之以鼻，对“大观园的肥皂剧”深表不屑，却对《金瓶梅》佩服得五体投地，觉得其中的人物个个真实，人人可爱，因而认为《金瓶梅》远比《红楼梦》要伟大。在我看来，这委实算不得认真的求知，而是任性的扯淡。

然而，由某些海外的中国学者弄出来的扯淡事，还有比这更离奇的呢。

最近，有一个薛姓学者，此君忽而研究文化问题，忽而研究经济问题，总之，很有点于学无所不窥的样子，出版了一部《学而时习之》的书，其中的一些部分，被冠以《从中国文化的失败看孔子的价值》的题目，反复在《南方周末》和《随笔》等报刊发表。表面上看，他心仪儒学，服膺孔子，发言立论，独出机杼，然而，仔细深究，你会发现，在这部书里，他的很多令人惊诧莫名的结论，其实是靠不住的，也是很有“中国特色”的。

例如，他认为中国传统文化虽然失败了，但是，这种失败与孔子没有关系，换句话说，传统文化不仅不是孔子的失败，而且恰好证明了孔子的价值：“说我们的文化失败了，并不意味着我要反对孔子。相反，这使我在心灵上和孔子更近，也更能体验他的挫折和痛楚。”你看，这不就是我们很熟悉的那种凡话都要拧巴着说、凡事都要拧巴着做的怪脾气吗？这不就是我们不陌生的那种不讲逻辑、不讲道理的思维模式吗？

然而，最令人吃惊的，还不是这种文化逻辑上的混乱，而是《学而时习之》作者的仇智主义情绪。他的内心充满对中国现代知识分子的难以化解的敌意和仇恨，简直到了不共戴天的程度，简直使人疑心某些美国大学教育的任务和目的，与中国“文革”时期的“文化战略”“教育路线”和“教育方针”如出一辙，那就是：彻底破坏知识赖以存在和发展的基础，彻底瓦解人们对真理的敬畏和热爱；不遗余力地鼓励青年学生厌恶知识，想方设法怂恿他们敌视知识分子。

有趣的是，这位薛姓学者是在反对“专制主义”和宣扬“民主”的幌子下贬低和否定知识分子的。他把民众与知识分子对立起来，把中国古代知识分子与现代知识分子对立起来，把孔子与鲁迅对立起来。在他看来，前者是值得肯定的，而后者是需要否定的；孔子是应该赞美的，鲁迅是需要清算的。

为什么要否定和清算鲁迅呢?

因为,在这位薛姓学者看来,以鲁迅为代表的中国现代知识分子,不仅一点都不比普通大众优秀,而且,恰恰相反,“卑贱者最聪明,高贵者最愚蠢”,中国民众远比那些百无一用的知识分子要高明。然而,令薛姓学者愤愤不平的是,中国知识分子竟然如此缺乏自知之明,竟然自以为掌握了真理,竟然傲慢地以启蒙大众为己任:“在鲁迅和他的追随者看来,阿Q所代表的中国农民,就是一群蒙昧不堪,甚至没有判断能力的劣等人类。他们的生命是没有价值的。”薛姓学者的这种深文周纳的颟顸和自以为是的武断,简直叫人不寒而栗,对中国过去的“政治运动”略有了解的人,都会有似曾相识之感,但是,令人费解的是,都二十一世纪了,一个受了美国教育的华人学者的学术著作里,怎么还会有这种仇智主义的情绪和非理性主义的观点呢?

然而,如果谁把撑眉努眼地羞辱别人当做光荣的事业,谁就不怕信口开河、贻笑大方。薛姓海外学者在误解、羞辱鲁迅上表现出的大胆和无畏,超迈“痞子”作家、“聪明”作家远矣,达到了“贬鲁”事业的新境界。

有了海外教育背景的薛姓学者是有底气的,也是很自信的,因而,谈起鲁迅们来,语气里自然含着十分的鄙夷和万分的轻蔑:

> 阿Q的麻木，其实就是鲁迅的麻木。……他大概会把人家写得像个虫子，连阿Q也不如。鲁迅说中国文化吃人，乃是真知。可惜，他自己并没有跳出这样的文化。《阿Q正传》和那篇声称灵魂没有得到拯救的中国人的肉体也不值得救治的《藤野先生》，已经问世几十年。在这几十年中，几代中国知识分子就为这样的作品所激励。所以也不值得奇怪，我们会有山西黑砖窑中的奴隶制度，会有广东打死讨薪民工的惨案。读《阿Q正传》长大的民族，怎么可能对农民讨公道？再看看西方，特瑞萨修女则成了激励整个社会的英雄。这也怪不得，美国一些富裕家庭，自己掏腰包把还在上中学的孩子送到非洲从事慈善事业。两相对比，难道还不能说明中国文化的失败？

这实在是一段令人叹为观止的奇谈怪论！“大概会”的推测，加上言之凿凿的判断，构成了这位学者的武断论述的基本模式。他讨厌言之成理的分析，讨厌具有事实感的描述。他把中国当下某些严重的社会问题，与鲁迅的作品进行极其简单的因果对接，把一个“民族”的文化素质和道德状况，仅仅归咎于几篇作品的影响，这显然是文化研究上典型的懒汉主义做派，显然是一种缺乏理性精神的表现；同样，仅仅将西方“整个社会”的文明，仅仅归功于特瑞萨修女的影响，也是一种简单的不可靠的结论。中国文化也许真的“失败”了，但是，它的表现和问题，肯定不像薛姓学者说的那样简单，而是有着非常复杂的原因和过程。

说起对人性的麻木、丑恶和黑暗的批判，俄罗斯文学并不比鲁迅更留情面。果戈理的《钦差大臣》《死魂灵》和《两个伊凡吵架的故事》等作品表现的就是俄罗斯国民性中的欺诈、虚伪、懒惰、狭隘、猥琐的一面，但是，我到现在为止，还没有看到有谁把当代俄罗斯人道德危机和社会问题归咎于这些作品的荼毒；契诃夫的《风波》《一个小公务员的死》《变色龙》和《第六病室》等作品读来甚至让人毛骨悚然，但是，似乎还没有一个人以哪位行善的俄罗斯牧师做尺度，来否定契诃夫，来要求他对俄罗斯的庸俗的社会风气和悲观、绝望的时代情绪负责任。

薛姓学者总是用怀疑的态度和否定的眼光来看“鲁迅们”。他对以鲁迅为代表的中国现代知识分子没有信任，尤其不信任他们的道德境界和人格境界。在他看来，中国的“鲁迅们”乃是一群善于文过饰非，善于自我美化的精神侏儒：“冷漠与麻木，已经成为中国人的国民性。鲁迅们与阿Q们的不同，是鲁迅们不认为自己冷漠麻木，甚至还觉得自己‘吃的是草，挤出来的是奶’，是献出了一腔热血却又被他所拯救的人吃了人血馒头的烈士。”

这里有对鲁迅的肆意的羞辱和丑化。似乎鲁迅只有承认自己也是麻木的，也像阿Q一样自欺欺人，也像华老栓一样愚昧无知，也像润土一样逆来顺受，也像祥林嫂一样敬鬼信神，才是正确的，才能免于薛姓学者的话语凌迟。而在我看来，民众与启蒙者的隔膜，反启蒙者与启蒙者的对立，从来就是中国社会的悲剧性的事实，这个事实不仅见之于菜市口的看客投向“戊戌六君子”的西红柿和臭鸡蛋，也见之于像薛姓学者一样的“聪明人”对启蒙者的误解和羞辱。

那么，鲁迅真的像薛姓学者所说的那样缺乏自知之明和自省精神吗?

不是的。恰恰相反，鲁迅先生正像自己所说的那样：固然“时时指责别人”，但却“更加无情地解剖自己”。

一九二五年三月十八日，鲁迅在给许广平的信中这样说道：“你好像常在看我的作品，但我的作品，太黑暗了，因为我觉得惟‘黑暗与虚无’乃是‘实有’，却偏要向这些作绝望的抗战，所以很多着偏激的声音。”同年五月三十日的信中，他说自己不愿把自己的思想，传染给别人，因为，“我的思想太黑暗，而自己终不能确知是否正确之故”。鲁迅知道自己内心是有黑暗的，但是，他没有对这黑暗妥协，投降，而是，对它宣战，与它对抗。由黑暗而来的是绝望。鲁迅同样反对这绝望。他在一九二五年四月十一日致赵其文的信中说《过客》的主题，就是要“反抗绝望”：“……我以为因为绝望而反抗者难，比因希望而战斗者更勇猛，更悲壮。”

可见，鲁迅并不像薛姓学者所说的那样自以为是，那样高自标树。

那么，中国老百姓的冷漠和麻木，是由什么造成的呢？

薛姓学者的答案是，由知识分子造成的："当知识分子总是指令老百姓往哪里走时，老百姓当然冷漠，但是，当老百姓自己可以决定自己往哪里走时，他们的责任感也绝不会比知识分子差。"所以，他最后的结论是："我们要说的是：知识分子从老百姓的生活中滚开。"

如果去掉这位薛姓学者文章中的"共同体"与"公共事务"等从西方趸来的时髦话语，如果把其中的"老百姓"置换成"人民"和"群众"，我们简直要怀疑这些文字是出自"文革"时期的"梁效"和"罗思鼎"们的笔下。在这里作者用危言耸听的方式，制造了一个社会群落与另外一个社会群落的对立和冲突，制造出一种具有冲突感和紧张气氛的话语情景。令人欣慰的是，在中国，恐怕没有谁再会着这样的道儿，喝这样的洗脚水，因为，中国人终于明白了一个基本的道理：社会仿佛一个生命体，每一个部分都是必需的，每一个社会群落都有它不可代替的地位与作用，而在一个人欲横流的"消费主义"时代，知识分子作为一个"寻求意义"的群体，作为一个为人们提供价值图景的群体，显得尤其重要，尤其需要理解和支持。

与对鲁迅的敌意和贬损构成有趣对照的，是薛姓学者对孔子的吹捧。对于孔子，过去的推翻、打倒，固然要不得，但是，看不到他的问题和局限，也同样是非常危险的。孔子纵有千般好，但是，他的思想里显然缺乏真正现代的价值观，缺乏彻底的平等精神和自由理念，缺乏与权力对抗的批判精神，缺乏薛姓学者所赞美的那种“民众”意识，正像鲁迅在《现代中国的孔夫子》中指出的那样：“孔夫子之在中国，是权势者们捧起来的，是那些权势者或想做权势者的圣人，和一般的民众并无什么关系。……中国的一般民众，尤其是所谓愚民，虽称孔子为圣人，却不觉得他是圣人；对于他，是恭敬的，却不亲密。……不错，孔夫子曾经计划过出色的治国的方法，但那都是为了治民众者，即权势者设想的方法，为民众本身的，却一点也没有。这就是‘礼不下庶人’。”在拜孔之风大炽的今天，重温鲁迅对孔子的批判，不仅能帮助人们看清真相，而且，对那些靠着想象和妄断发掘孔子“价值”的学者来讲，尤其具有当头棒喝的提醒作用。

鲁迅在《从帮忙到扯淡》中说：“有帮闲之志，又有帮闲之才，这才是真正的帮闲。如果有其志而无其才，乱点古书，自以为得意，——自然也还有人以为有趣——，但按其实，却不过‘扯淡而已’。……帮闲的盛世是帮忙，到末代就只剩了这扯淡。” 做学问倘若心浮气躁、投机取巧，必然会流为既无“志”又无“才”的“扯淡”。淡而时扯之，于自己，也许可以消愁破闷，不为坏事，于别人，聊博一粲，也还有趣，但是，扯淡终究不过是扯淡而已，实在算不上什么有出息的事业。如果扯淡而近于诬蔑，那它就更加不成样子，就成了所有扯淡中，最要不得的一种。

补记：最近，有一本名为《论扯淡》（*On Bullshit*）的书，不胫而走，非常畅销，据说，很短时间，就在美国卖掉了几十万册。此书虽然只有一两万字，但却比有些动辄千百万言的皇皇巨著要有价值，因为，他所谈论的“扯淡”，已经成为一个世界性的文化现象，已经成为一个令人无法回避的严重问题。尤其是自嬉皮士式的“后现代主义”和各种类型的怀疑主义流行以来，扯淡更是成了一种高深莫测的事业，《论扯淡》的作者法兰克福甚至认为，耶鲁大学已经成为“全世界的扯淡大本营”。正像法兰克福所说的那样：“当今扯淡现象泛滥，还有更深层的原因，那就是各类怀疑主义大行其道，它否认我们对某一客观事物的掌握途径是可信的，认为我们不可能知道何为真相。”他还进一步指出：“这种‘反真相’的信条，渐渐餐食我们的信心。让我们不再相信可以通过正直的努力来判断真假，甚至无法理解‘客观探索’这一概念。对这种信心丧失的一个反应就是：人们对追求‘正确无误’这一理想信条望而却步，转而追求所谓‘诚意’的替代性理想。”（《论扯淡》，第七十九页，译林出版社，

二〇〇八年)

《论扯淡》一书中令人拍案的精彩观点还有:“当形势要人们去讲他自己都不知所云的话的时候,扯淡即不可避免。”(第七十七页)而中译本《论扯淡》在封底给出的“扯淡”的例子,就是于丹的一句令很多人欣然接受、奉为玉律的话:“《论语》的真谛,就是告诉大家,怎么才能过上我们心灵所需要的那种快乐生活。”

由于认识到了扯淡问题的严重性和普遍性,所以,法兰克福反复告诫人们:扯淡比说谎更可怕!扯淡才是真理最大的敌人!其实,他还可以再加上一句:在形式上,很多时候,扯淡比真理显得更像真理,有时甚至给人一种一句能顶一万句的错觉。即是那些接近堕落的扯淡,也往往给人们一种无比正确、无比深刻的印象。戳穿这样的扯淡,有时候甚至需要付出生命的代价。想想张志新、林昭、王申酉、李九莲、钟海源和遇罗克们所付出的代价,谁还敢说不是这样的呢?谁还能轻松愉快地谈论这个话题呢?

二〇〇八年六月二十一日,北新桥

批评家的精神气质与责任伦理

一

一个普通的读者，有理由享受随便谈论文学的快乐，但一个认真、负责的批评家，却必须努力摆脱阅读和评价上的漫不经心的随意，放弃凌空蹈虚的自由。批评是一种揭示真相和发现真理的工作。虽然进行肯定性的欣赏和评价，也是批评的一项工作内容，但就其根本性质而言，批评其实更多的是对残缺和问题的不满、质疑、拒绝与否定。是的，真正意义上的批评意味着尖锐的话语冲突，意味着激烈的思想交锋。这就决定了批评是一种必须承受敌意甚至伤害的沉重而艰难的事业。为什么在我们的批评界，推销员太多，质检员太少；说空话的太多，说实话的太少；说鬼话的太多，说人话的太少；垂青眼的太多，示白眼的太少，究其原因，盖在于批评本质上是一种路途坎坷、考验重重的精神历险。

那么，什么是批评？给它下个简单的定义并不难。所谓文学批评即对写作、文本、阅读及影响写作和阅读的外部条件、主体素质进行研究和评价的活动。它是一种特殊而复杂的文化行为：既要以精微、细致的感性体验作为起点，又要超越感性的简单与琐屑，达到理性的高度；可以在激情燃烧、我心飞翔的高峰体验中陶醉，不知手之舞之足之蹈之，但为了获得妥实可靠的判断，他又必须让自己冷静下来，以便进入一种客观的澄明之境。纳博科夫说："读书人的最佳气质在于既富于艺术味，又重科学性。单凭艺术家的一片赤诚，往往会对一部作品偏于主观，唯有用冷静的科学态度来冲淡一下直感的热情。不过如果一个读者既无艺术家的热情，又无科学家的韧性，那么他是很难欣赏什么伟大的文学作品的。"[①]这些话说说容易，做起来艰难。纳博科夫自己就没有做到。他在一次回答记者的时候说："我高兴地记得在纪念堂里，面对六百位学生，我撕毁了《唐吉诃德》这本残酷、粗俗的书，这使我的一

① 纳博科夫：《文学讲稿》，申慧辉等译，三联书店1991年版，24页。

些比较保守的同事感到吃惊和窘迫。”[①]同样，他在评价陀思妥耶夫斯基的时候，也缺乏起码的敬意和公正。他还说过电影《日瓦戈医生》令他“恶心”的话。

只是简单、随意地描述自己的阅读感受和印象，还不能被称作文学批评，无论这种描述显得多么花里胡哨，多么机智聪明，它都不过是性质粗糙的读后感而已。真正意义上的批评行为，意味着成熟的思辨能力和深刻的思想内涵，是一种在广泛的阅读经验和渊博的知识支持下的复杂判断。它要求批评家具备丰富的阅读积累，因为，只有这样，你才会拥有开阔的精神视野，你才能形成可靠的鉴别能力和可靠的判断能力。刘勰在《文心雕龙》中对此有深刻的论述：“凡操千曲而后晓声，观千剑而后识器；故圆照之象，务先博观。阅乔岳以形培塿，酌沧波以喻畎浍。无私于轻重，不偏于憎爱，然后能平理若衡，照辞若镜矣。”

那么，只要具备丰富的知识积累和广泛的阅读经验，就一定能成为一个真正的批评家吗？不一定。为什么呢？因为一个人能否成为批评家，最终决定于一种更为内在的东西，具体地说，决定于你是否具有批评家的精神气质。因为，气质是一种在人的心理活动中具有动力学意义的内在力量，它影响着人

① 王诜编：《世界著名作家访谈录》，江苏文艺出版社1991年版，120页。

的心理活动的速度、强度和方向。文学批评家正是依赖一种特殊的精神气质来展开他的批评工作的，按蒂博代的话说，“一个批评家是以自己的气质，以自己在文学、政治和宗教上的好恶来判断同时代人的，他尽可能地把这些变为一种权威的方式”①。

从生理上讲，每个人都属于四种气质类型中的一种：要么属于热情、愉快的多血质，要么属于迟缓、沉静的黏液质，要么属于忧郁、脆弱的抑郁质，要么属于急躁、冲动的胆汁质。批评家的精神气质也许与人身上的生理气质有着潜在而神秘的关联，但是，我们似乎还找不到充分的依据，说哪种生理气质的人最适合做批评家，或者不适合做批评家。我倒是倾向于认为，人们通过自觉的努力，可以深刻地改变自己的精神气质和行为模式，从而完成对自我精神生活的文化变革，最终成为一个真正意义上的批评家。

总之，批评是一种非常重要又极其高级的精神创造活动，不是随便什么人都可以搞的，至少不是随便什么人都可以搞好的。正像别林斯基所说的那样：“批评才能是一种稀有的、因而受到崇高评价的才能；如果说，多多少少天生有一些美学感觉、能够感受美文学印象的人是寥寥可数的，那么，极度拥有这种美

---

① 蒂博代：《六说文学批评》，赵坚译，三联书店2002年版，70页。

学感觉和这种美文学感受力的人，又该是多么少呢？……有人认为批评这一门行业是轻而易举的，大家或多或少都能做到的，那就大错特错：批评家的才能是稀有的，他的道路是滑脚的，危险的。事实上，从一方面说来，该有多少条件汇合在这个才能卓越的人的身上：深刻的感觉，对艺术的热烈的爱，严格的多方面的研究，才智的客观性——这是公正无私的态度的源泉——不受外界诱引的本领；从另一方面说来，他担当的责任又是多么崇高！”[①]不错，一个人倘若想成为真正的批评家，他就应该使自己具备“稀有的才能”，应该将多种条件“汇合”在自己身上。但是，在我看来，这些“才能”和“条件”只有在一些特殊的精神气质的推激下，才能最终成为一种生产性的巨大力量。

二

一个真正的文学批评家身上，通常都有一种由浪漫主义情调和理想主义精神构成的唐吉诃德气质。纯粹意义上的文学批评，意味着对文学的一往情深的爱，意味着为了捍卫文学的尊严和价值而表现出来的勇敢而执着的精神。为了说出自己的感受和判断，为了表达自己的愿望和理想，那些真正的批评家的内心充满了难以遏抑的激情和冲动，很少考虑直言不讳的坦率会给自己

① 《别林斯基选集》第一卷，324页。

带来什么不利的后果。就此而言，批评即行动，它体现的是一种唐吉诃德气质，一种充满内在热情和实践勇气的英雄气质。我们需要怀抱着崇高信念和伟大理想的唐吉诃德，需要这种像罗宾汉一样勇敢地行动、像顶橡树的牛犊一样倔强的可爱的英雄。

然而，在我们所生活的这个时代，多的是招摇撞骗的乞乞科夫，多的是自私虚荣的蓓基·夏泼，多的是野心勃勃的于连·索黑尔，多的是心灵冰结的伏脱冷，多的是耽于沉思怯于行动的哈姆雷特，但是缺少唐吉诃德，缺少唐吉诃德身上的那种可敬的品质与脱俗的气质。来自拉·曼却村庄的这位绅士，正像别林斯基评价的那样："首先是一个最卓越、最高尚的人，是一个真正见义勇为的骑士。虽然他彻头彻尾、彻里彻外都是可笑的，但是他不仅不愚蠢，恰恰相反，他非常聪明；不仅如此，他是一个真正的智者。"[①]屠格涅夫也在一八六〇年一月十日的一次题为《哈姆雷特和唐吉诃德》著名的演讲中，高度评价这位伟大的文学人物，揭示他所"表明"的那些伟大的精神价值和精神气质："首先是信仰；对某种永恒的、不可动摇的东西的信仰，对真理的信仰，总之，对存在于个人之外，但又不易把握的真理的信仰，这真理要求人们为它服务，并作出牺牲，但是只要奉行真理并持之以恒，而

---

① 赫拉普钦科：《赫拉普钦科文学论文集》，张捷、刘逢祺译，人民文学出版社1997年版，230页。

且甘愿为真理牺牲，这真理也是可以把握的，唐吉诃德整个人都充满了对于真理的忠诚，为了这理想，他甘愿忍受一切艰难困苦，甘愿牺牲生命；他珍视自己生命的程度，视其在多大程度上能成为体现理想，在人间确立真理和正义的手段而定。……他相信真理，坚信不疑，而且义无反顾。因此他才无所畏惧，坚忍不拔，才能满足于最粗劣的饭菜和最寒酸的衣服：他无暇顾及这些小事。他心地善良，但精神伟大，为人勇敢；他那感人的虔诚并没有束缚他的自由；他毫无虚荣心，但他并不怀疑自己，怀疑自己的使命，甚至对自己的体力也毫不怀疑；他的意志百折不挠。”①

别林斯基自己就是这样一位唐吉诃德式的批评家。他对文学、对真理充满热烈而执着的热爱，即使在受到严重的误解和恶毒的侮蔑的情况下，依然矢志不渝、之死靡他。他在著名的《文学的幻想》中说："人啊，为你崇高的使命骄傲吧……抛弃自己，克制利己主义，把自私的我踩在脚下，为别人的幸福而生存，为同胞、祖国的利益，为人类的利益牺牲一切，爱真理和善良，不是为了求得酬报，而是为了真理和善良本身，背起沉重的十字架，受尽苦难，然后重见上帝，获得永生，这永生必须包含在你的我的融化中，在无边至福的

① 屠格涅夫：《屠格涅夫文集》第六卷，丰子恺等译，人民文学出版社2001年版，166—167页。

感觉中！”[①]他对当时俄罗斯文坛的腐败现象深恶痛绝：“到现在为止，我们的文学界仍旧流行着一种可怜的、幼稚的对作家的崇拜，在文学方面，我们也非常重视爵位表，不敢对地位高的人说真话。碰到一位名作家，我们总是只限于说些空话和溢美之词；不顾情面地说真话，我们就认为是亵渎神圣。”[②]他说：“跟社会舆论进行战斗，明目张胆地反对它的偶像，是一件非常可怕的事；可是，我胆敢这样做，与其说是有勇气，毋宁说是对真理的无私的爱。”[③]他直言不讳地点名批评格列奇、森科夫斯基、布尔加林和布朗贝乌斯男爵。他批评《读书文库》杂志“为了丰富自己的钱袋，用金钱来制造大批才能”。[④]他尖锐地毫不留情地向自己时代的文学发出这样的质问：“我们全部文学家的共同努力没有产生过任何超乎中庸以上的东西！请问，文学在哪里？我们有许多大大小小的才能，可是太少负有天职的艺术家，就是说把写作和生活、生活和写作视为同一件事，离开艺术就无法生存，不需要恩宠，不需要栽培，或者说有了栽培反而会灭亡，不管是金钱、优遇或者不公平都打不倒他，直到最后一息都忠于神圣天职的人。……在我们这里，什么时候真正的艺术的时期才会来到

---

① 《别林斯基选集》第一卷，19—20页。
② 《别林斯基选集》第一卷，36页。
③ 《别林斯基选集》第一卷，95页。
④ 《别林斯基选集》第一卷，118页。

呢？”[1]别林斯基的尖锐和坦率，给自己赢得的更多的是侮蔑和攻击。据屠格涅夫在《回忆别林斯基》中讲，有的谣言甚至说他在从大学读书期间，曾有过“猥亵行为”，并因此被“开除”学籍[2]。值得庆幸的是，别林斯基并没有被这些恶毒的谣言所击倒。有一次，他“热烈”地对巴纳耶夫说：

“有人会称我为谄媚者，骂我是下流坯，说我在当权者面前的态度反复无常……让他们说去！不管别人怎么想，我都不怕公开和坦率地表明我的信仰……”

他开始激动地在房间里走来走去。

“不错！这就是我的信仰，”他继续说着，情绪越来越激动，“我对这种信仰并不感到羞愧，反而感到自豪……鬼知道是些什么人持这种看法、像这样议论，我干吗要重视它呢？……任何力量都不能迫使我写出一行违背信仰的文字来……他们了解这一点……想收买我是办不到的……我向您发誓，巴纳耶夫，——因为您还不了解……”

他朝我走过来，站在我的面前。苍白的脸变得通红，所有的血都涌向头部，一双眼睛炯炯发亮。

---

① 《别林斯基选集》第一卷，121页。
② 《回忆录》，21页。

“我向您发誓，任何东西都收买不了我！……对于我来说，与其践踏自己做人的尊严，在任何人面前降低自己的人格或出卖自己，倒不如饿死了更痛快——何况我本来就每天冒着饿死的危险（说到这里他讥讽地苦笑了一下）……”[①]

一八四〇年三月十四日别林斯基在写给鲍特金的信中曾经这样表达自己的文学信念：“我将死在杂志岗位上，吩咐在棺材里，在头旁边放一本《祖国纪事》。我是文学家，我带着病痛的、同时是愉快而骄傲的信念这样说。俄国文学是我的生命和我的血。”[②]这是一段令人感动的自白和宣告，显示了一个真正的文学批评家的伟大的精神气质。这是一种所有真正爱文学并且想成为批评家的人都应该努力在自己身上培养的一种情感态度和精神气质。

三

一个真正的批评家，天生是一个捍卫精神自由原则的民主主义者，因此，在他的身上，总是表现出一种体现着平

---

① 巴纳耶夫：《群星灿烂的年代》，刘敦健译，上海译文出版社1995年版，269—270页。

② 《别林斯基选集》第一卷，422页。

等精神和独立人格的民主气质。关于这种气质，卡尔·科恩的《论民主》中，有非常精彩的论述。这本研究民主问题的著作，是我最近读到的一本引人入胜的好书：论述优雅而从容，判断明快而亲切；谈论的虽是常识性的问题，所得出的结论，却朴实而深刻。例如，他说，一个信仰民主的人，应该培养这样一种"心境"，"即在实践中绝不认为任何有关事实、主义或道德原则的见解是绝对正确，无改善的余地"[①]。他认为，"相信错误难免，是民主主义者所应具备的气质中最根本的一点，因为否定任何政党的绝对明智，就会鼓励一切有关的人都参与决策。如果认为任何人或任何团体绝对正确，那就只有把管理一切事务的权力都交给他们才合乎推理。对相信错误难免的公民来说，在根本问题上进行辩论，不仅是可以容许的，而且是至当不移的"[②]，因此，"经常受到批评应该是民主国家的每一个官员的家常便饭。那是一个负担，但应作为管理好政府而必须付出的一部分代价"[③]。他最后的结论是："理想的情况是社会成员与他们选出的官员间存在着互相信任与互相忠诚的关系，但成功的民主却要求公民在信任之中掺合一些批判精神，即对当局存在一定程度的不信任。"[④]

---

① 卡尔·科恩：《论民主》，聂崇信、朱秀贤译，商务印书馆1988年版，174页。

② 《论民主》，175页。

③ 《论民主》，179页。

④ 《论民主》，178页。

他的这些精辟的观点，完全可以移用来说明文学上的道理。对文学批评来讲，他的见解显得尤其惬当、可靠：民主的“心境”和“气质”，无疑也是真正的批评家应该具备的内在素质。为什么这么说呢？因为，写作也是一种权力，而作家则是拥有和使用这种权力的人。倘若我们不想让写作沦为一种任性而野蛮的权力，不让它沦为审美名义下的道德放纵，或商业动机驱动下的文化犯罪，那么，读者尤其是批评家，在对作家的信任中就必须“搀合一些批判精神”“存在一点的不信任”，或者，换句话说，必须首先执持一种“反对”的态度，一种“高明的怀疑态度”——洛厄尔曾说过：“高明的怀疑态度是一个好评论家的首要品质。”理性的反对和高明的怀疑不仅引发对话的冲动，而且还会创造出充满民主氛围和美好情调的争论。而这种争论，正如蒂博代所阐明的那样，乃是“文学的灵魂”；没有这种“争论”，“没有批评的批评，批评本身就会死亡”[①]。的确，没有争辩性的对话，没有尖锐的锋芒，批评就会失去内在的活力，就不会产生积极的效果。

如果说，在政治生活中，“民主的气质”有助于人们遏制权力的腐败，那么，在文学领域，这种包含着批判的精神和反对的态度的宝贵“气质”，则不仅有助于防止作家滥用写作的权力，而且，从积极的方面看，包含着成熟的“民主气

① 《六说文学批评》，120页。

质”的质疑和反对，也是创作的助力：那些胸怀开阔的、善于倾听批评意见的作家，正是借助反对性的批评，来发现自己创作中的问题，警觉地避开被过于膨胀的自我意识遮蔽的盲区和陷阱。王若虚诗云：“妙理宜人入肺肝，麻姑搔痒岂胜鞭。”说的正是这个道理。

事实上，对读者的阅读来讲，是否具备质疑的态度和反思的意识，也是至关重要的。盲目的随顺和简单的认同，是一种懒惰的习惯，本质上是反阅读的。因为，阅读是读者与作者之间的充满张力感的对话，只有站在反对的立场，经过批判性的反思，读者的阅读才能摆脱粗糙而幼稚的性质，才能被升华为深沉而丰富的内心体验。反之，如果在阅读过程中缺乏起码的反对意识，那么，读者不仅很难进入作品的渊然而深的灵境，很难体验到丰富的精神愉悦，而且，还会因其盲从而使阅读领域的深废浅售、鱼目混珠的情形更加严重。

其实，换一个角度来看，这种“民主的气质”，实际上就是一种不服从的精神。如果说，作为长期的精神奴役和专制统治造成的可怕后果，作为一种极其有害的消极习惯，盲目的服从必然会使人们的生活丧失活力，使人们的心灵变得麻木、迟钝，使人们丧失创造的热情和能力，那么，不服从——正像弗洛姆指出的那样——则是一种具有生产性的人格类型和精神气质，是推动人类的认识能力和创造能力向前发展、不断提高的伟大力量：“人类通过不顺从的行为继续向前发展着，这不只是说，由于人敢于向以人的良心或信仰的名义出现的权力说个‘不’字，人的精神发展才是可能的，而且，这也说明人的理智的发展同样也依赖于不顺从的能力，不屈从于那些试图窒息新思想的权威，不屈从于长期建立起来的，把变化视为胡闹的舆论的权威。”[①]这种对权威的不服从还有助于我们克服“晕轮效应”的消极影响。“晕轮效应”也叫“光环效应”，是指对某人的已有的评价会微妙地影响到人们后来对他的评价：如果他已经受到高度的评价，那么，他就会被一种具有积极肯定性质的“晕轮”或“光环”笼罩，从而暗示人们给予他同样高的评价；反之，人们就会受到相反的暗示，结果也会大大不同。

不服从不仅是指不顺从那些高高在上的权威，而且还指不顺从自己置身其中的大众或群体。古斯塔夫·勒庞在《乌合之众》一书中深刻地指出：“在集体心理中，个人的才智被削弱了，从而他们的个性也被削弱了。异质性被同质性所吞没，无意识的品质占了上风”；“群体是个无名氏，因此也不必承担责任。这样一来，总是约束着个人的责任感便彻底消失了”[②]。从心理学角度看，人生来就有一种从众的心理倾向。这是由人的社群化的生活方式决定的：人们总是希望在认识

---

① 《在幻想锁链的彼岸》，176页。

② 古斯塔夫·勒庞：《乌合之众》，冯克利译，中央编译出版社2004年版，16页。

和行为上与自己生活其中的社群保持一致，以便得到它的认同、接受和奖励；总是害怕因为与群体意见不一致而遭到它的排斥和惩罚。这样一来，人们宁肯附和大多数人的意见，而不愿表达自己的与众不同的意见，更不敢尖锐地质疑已成老生常谈的迂腐见解，或坦率地陈述具有异端性质的观点。这种消极的从众心理是不利于形成健康的批评风气的。

然而，应该承认，在我们的文化性格和文化心理中占上风的，却是习惯于服从的奴性人格，是一种公允执中的乡愿“心境”和乐道人善的庸俗“气质”。妥协折中、明哲保身的人生哲学，在我们的生活中具有主宰的意义。《老子》中说：“多言数穷，不如守中。”朱柏庐在《治家格言》中也告诫人们：“处世戒多言，言多必失。”于是，克制自己的情感表达，遏抑自己的言说冲动，就成了我们这个社会最基本的人生规训。沉默和隐忍、麻木与冷漠，便顺理成章地成了在在可见的精神风景。基于正义和良知的不满和愤怒，反被视为缺乏生存智慧和处世策略的表现。坦率地批评别人的缺点，尖锐地抨击社会的残缺，更被认为是不懂得为人处世的莽撞行为。长此以往，坦率地表达反对意见，竟然成了一种令人畏首畏尾的禁忌。就连阮籍这样的“不拘礼教”的叛逆者，也“发言玄远，口不臧否人物”。有什么办法呢，反对的行为总是鲜有例外地给反对者带来不利的甚至是灾难性的后果。无怪乎孟子要说：“言人之不善，当如后患何？”

为了避免因言获罪，推尚克己隐忍、避忌怒火中烧，便成了聪明人远祸的妙诀良方。那些高举“宽容”旗帜的智者，大为不屑地嘲笑着从青春激情里升腾起来的愤怒，还送给它一个时髦的雅号：“愤青”。然而，这样的嘲笑是浅薄的，是对青春的侮慢，是对愤怒的亵渎。因为，充满向往的不满和充满正义感的愤怒，是一种神圣而庄严的精神现象。一个社会，倘若连青年都失去了不满的感觉和愤怒的激情，那么，它必将因此而丧失勃郁、雄健的生命力，必将沦为一个衰朽而令人绝望的社会。让我们倾听并记住非洲诗人马亚·安杰洛的诗句：“愤怒吧，做一个愤怒的人是一件美好的事情，那是健康的标志。”是的，正是在“出离的愤怒”中，鲁迅才爆发出自己的“不能已于言”的“呐喊”；正是因为难以无动于衷地生活，胡适才将范仲淹的“宁鸣以死，不默而生”当作自己的绝对原则。伟大的文化先驱用自己的“不从”的民主气质和勇敢行动，昭示了一种现代性的伦理规范和道德命令。我们应该像他们一样，敢于“愤怒”地显示自己月旦春秋的勇气，敢于大胆地点燃自己臧否人物的激情。

而在别林斯基看来，不从的精神就是为敌的姿态。做一个勇敢的“敌人”，乃是“诗人”即一切从事文学创造活动的人的正常而必要的精神姿态：“是的！这是没有疑问的：诗人和社会处于相互敌对的地位，他们互相是对方的天然的敌人。从一方面来说，社会在认识他的优点之前，先要扼杀他；从另一方面来说，社会对诗人的爱顾，反而把诗人引入邪途。”[①]而在我看来，批评家则是双重角色的“敌人”：他既是“社会”的敌人，又是“社会的敌人”的敌人，即“诗人”和作家的敌人，所以，做一个批评家，便意味着要有勇气面对和承受至少来自两方面的敌意和伤害。正是由于这个原因，我倾向于把“批评”这个概念当做一个阳性词，当做一个及物动词，它意味着刚健弘毅的虽千万人吾往矣的男子汉气概，意味着有勇气与任何人任何力量发生冲突性的关联。它拒绝那种温吞、软和的态度和风格，因为，这种有气无力的娘娘腔和懦夫做派不利于心灵与心灵的积极交流。

总之，充满民主气质的“不从”和“为敌”意味着对真理和信仰的守护，意味着对残缺和病象的攻击和批判，意味着对理想生活境界的祈向和追求。因此，如果一个时代及其文学不负责任地把人降低为唯利是图的经济动物，降低为权欲熏心的市侩之徒和势利小人，降低为不知道敬畏神圣事物的妄人和莽汉，降低为缺乏内在热情的犬儒主义哲学的奴隶，降低为没有是非感、美丑感、善恶感和羞恶心的空心人，一个真正的批评家，不，应该说，任何一个真正的知识分子，除了拒绝服从，除了做它们的敌人，难道还有别的选择吗？

---

① 《别林斯基选集》第一卷，376页。

四

批评的气质还是一种求真尚实的科学气质。要有很强的问题意识和分析能力，即发现问题的眼光、提出问题的勇气和根据充分的事实分析和解决问题的素质和能力，这是对批评家的一个基本要求。

然而，长期以来，在我们中间，流行着对文学与科学的关系的许多似是而非的认识：科学的任务是求真，文学的使命是求美；科学依靠的是推理，文学依赖的是想象；科学必须服从规律的制约，文学则享有无限的自由。凡此种种，不一而足。这些貌似精辟的观点，其实多是靠不住的谬见。事实上，在文学和科学之间，并不存在不可凌越的壁垒森严的界限。文学固然需要飞扬的想象，但它更需要赋予想象及事象以真实性和意义感。而没有基本的科学气质和科学态度，任何人都无法发现事实，也无法获致有价值的思想。一个小说家固然离不开想象和虚构，但是，只有当他同样重视事实，换句话说，只有当他具有必要的科学意识和科学气质的时候，他才能准确地把握生活，才能深刻而生动刻画人物。巴赫金说："任何创作总为自己的对象以及对象的结构所决定，因此不能允许有任意性，实质上不是杜撰什么，而只是揭示事物本身的内容。人们可以得出一个正确的思想，但这思想有它自己的逻辑，因此不能杜撰出思想，也就是说不能从头到脚地造出它来。”[①]契诃夫也在写给罗索里莫的信中说：“由于熟悉自然科学，熟悉科学方法，我总让自己小心在意，凡是在可能的地方总是尽力用科学根据考虑事情，遇到不可能的事情宁可根本不写。……我不属于那种用否定态度对待科学的小说家，我也不愿意属于凭自己的聪明推断一切的小说家。”[②]巴赫金和契诃夫的见道之论，值得作家和批评家置之座右，深长思之。

如果说科学态度是小说家应该具备的基本修养，那么，科学气质就是批评家应该具备的基本素质。批评是一种特殊形式的精神创造活动。它意味着对事实的尊重。只有根据对事实的分析得出的结论，才能成为真正有价值的判断。个人的趣味固然会参介进来，极大地影响着批评家的感受和判断，但是一个成熟的自觉的批评家必须将一己的好恶，控制在适当的范围之内，必须让理性的分析态度占据上风。感性最终让位给理性，想象最终让位给事实，这是批评家应该服从的要求。

科学气质首先意味着对问题的敏感，意味着善于发现问题的意识和能力。莱辛就是一个问题意识很强的批评家。他的《汉堡剧评》充满了对自己时代的文学和艺术问题的质疑和分析。他对马菲的批评就是不留情面的问题化批评。他说马菲

① 巴赫金：《陀思妥耶夫斯基诗学问题》，刘虎译，三联书店1988年版，105页。

② 契诃夫：《契诃夫论文学》，汝龙译，人民文学出版社1958年版，285—286页。

的悲剧《墨洛珀》的“布局是造作的，雕琢的，并不是成功的，他的作品的人物是按照道学家的分析或者按照书本上众所周知的样板，而不是按照生活塑造的；他的作品的语言表现了更多的幻想，而不是感情；人们到处都能发现文学专家和诗韵学家的形象，却很少发现天才和作家的形象”①。从这样的否定性的判断里，我们不仅看到了一个真正的批评家的无所畏惧的尖锐和坦率，而且，还看到了他尊重事实、热爱真理的令人肃然起敬的科学气质。

科学气质和理性精神也是伏尔泰文学批评的基本特点。同莱辛的批评一样，伏尔泰的批评里既洋溢着敢于挑战的激情和勇气，又能成功地赋予自己的批评以无懈可击的客观性和令人信服的事实感。他毫不宽假地批评封特奈尔的《古今逝者对话录》，认为“这部浅薄轻浮、谬误百出的书竟能长期欺世惑众，真是法国的一大耻辱”，但他绝不是简单而随意地下个判断了事，而是用无可辩驳的事实来支持自己的评价：他用具体的例子，证明了此书文笔的“糟糕”和思想的“荒唐”②。为了“深入探讨一下语言的纯洁性问题”，他同样用最老实的办法来解决问题：他以近乎笨拙的方式列举了大量具体的例

---

① 莱辛：《汉堡剧评》，张黎译，上海译文出版社2002年版，217—218页。

② 伏尔泰：《伏尔泰论文艺》，丁世中译，人民文学出版社1993年版，208页。

句，逐词逐句地批评莫里哀的“优秀喜剧作品”《恨世者》的病句和不妥当的表达，尖锐地指出这部剧作存在的“笔调松散”“用词不当”“不可理解”“不合语法”“结构欠佳”及“俗气而滑稽”等语言病象[①]。他还实事求是地批评了高乃依的《俄狄浦斯王》的明显不合情理的错误。他解释自己批评这些伟大作家的动机时说：“谁若不能指出伟大人物的过错，谁也就不能欣赏其长处”[②]；“批评应侧重伟大人物的不足；若由于偏见连他们的毛病也欣赏，那么不久我们就会步其后尘。那么我们从名家那里得到的启示，或许便是如何将作品写坏了”[③]。这是一个充满科学气质的伟大批评家留给我们的值得珍视的告诫和经验。

五

与批评的气质同样重要的是批评的责任伦理。如果说，批评的气质指涉的是为了进行真正意义上的批评，我们应该具备什么样的心理能力和精神姿态，那么，研究责任伦理则意味着说明我们的批评应该承担什么样的使命，或者应该追求什么

---

① 《伏尔泰论文艺》，229—244页。
② 《伏尔泰论文艺》，471页。
③ 《伏尔泰论文艺》，480页。

样的文化理想。后一个问题同前一个一样重要，尤其是当我们的文化处于空前严重的脱序状态和拔根状态的时候。

责任伦理是马克斯·韦伯的一个非常著名的概念。在他看来，一切具有伦理意义的行为，皆可归并为两大类：一类是责任伦理，一类是心志伦理（一译“信念伦理”）。“这两种准则，在根本上互异，有时有着不可调和的冲突。……这不是说心志伦理就不负责任，也不是说责任伦理就无视心志和信念。……不过，一个人是按照心志伦理的准则行动（在宗教上的说法，就是‘基督徒的行为是正当的，后果则委诸上帝’），或者按照责任伦理的准则行动（当事人对自己行动〔可预见〕的后果负有责任），其间有着深邃的对立。”①我们不是基督徒，可将心志伦理暂且放下。我们没有上帝可依赖，只能自己对自己负责任。因此，我们能够承担、可以追问的，也只能是与自己的伦理行为密切相关的责任伦理。

文学批评所应承担的责任伦理，是为自己时代的文学提供真实、可靠的判断，从而将这些判断转化为积极的具有生产性的话语力量。具体地说，就是要有助于帮助读者了解真相，同时又要作为一种制衡力量，对作家的写作进行价值评估和质量监督。对当下的中国文坛来讲，强调这一点，有着特别

---

① 《韦伯作品集：学术与政治》（Ⅰ），钱永祥译，广西师范大学出版社2004年版，259—261页。

重要的意义。

我们的文化正处于一个艰难的转型时期。拜权教、拜名教和拜钱教三教合一，成为一种新的宗教，主宰着我们的精神生活。恶劣的相对主义和恣纵的享乐主义，则天经地义地成为流行的生活信念和生活原则。混乱、浅薄、虚假和庸俗成为司空见惯的文化景观。看看《英雄》和《十面埋伏》，看看《手机》和《天下无贼》，看看刚刚捧回银熊奖的《孔雀》，看看这些电影在宣传什么样的价值观；读读《废都》，读读《檀香刑》，读读《尘埃落定》，读读《狼图腾》，看看这些小说在表达什么样的生活理念。你不用费太大的力气，单凭着正常的直觉，就可以发现几部电影的共同特点——无知、愚昧、空洞和乏味，就可以认识四部小说的基本性质——自私、残忍、冷漠和野蛮。

面对如此严重的文化情境，我们早就该强调批评的责任和使命，早就该表达我们的不满和愤怒。因为，在我看来，“真正的文学绝不满足于描写、叙述那些阴暗的、丑恶的、污秽的事象，也从不把写作当成一种仅仅只是为了‘安妥’作家自己灵魂的手段。它把写作当做大众的事业，当做从积极的方面影响别人生活的手段。它向上提升人，给人希望和力量，让人变得更温柔、更优雅、更有教养、更热爱生活。它也写丑恶，但以美好作底子；也写黑暗，但以光明作背景。它强烈地爱一切值得爱的人和事物，因此，无论罹受多么严重的摧折和不幸，它从不徒逞一时之快地诅咒生活，贬低人类的尊严。它任何时候都信持写作的最基本的道德原则和文化使命，那就是怀着温柔的善念，向人类和世界表达祝福的情感”[①]。

真正的文学就是阿诺德所说的“文化”，它可以被“恰切地表达为源于对美的热爱，而非源于好奇；文化即对完美的追寻”[②]。在缺乏文化责任感的私有形态的写作疯狂泛滥的今天，我们确实有必要重温阿诺德关于文化的永远有效的精彩论述。在“文化”这一概念被滥用得几乎失效的情形下，我们有必要通过了解阿诺德的深刻阐释，恢复它的本来面目。

在阿诺德看来，文化就是追求美好与光明的行为，“文化认为人的完美是一种内在的状态，是指区别于我们的动物性的、严格意义上的人性得到了发扬光大。人具有思索和感情的天赋，文化认为人的完美就是这些天赋秉性得以更加有效、更加和谐地发展，如此人性才获得特有的尊严、丰富和愉悦”[③]。而“文化”所追求的完美，绝不是个别人的事情，而是所有人的事情，因为，“人类是个整体，人性中的同情不允许一位成员对其他成员无动于衷；或者脱离他人，独享完

① 李建军：《时代及其文学的敌人》，中国工人出版社2004年版，50页。

② 马修·阿诺德：《文化与无政府状态》，韩敏中译，三联书店2002年版，7—8页。

③ 《文化与无政府状态》，10页。

美之乐；正因为此，必须普泛地发扬光大人性，才合乎文化所构想的完美理念。文化心目中的完美，不可能是独善其身。个人必须携带他人共同走向完美，必须坚持不懈、竭尽所能，使奔向完美的队伍不断发展壮大，如若不这样做，他自身必将发育不良，疲弱无力”①。真正的文化能改变人，能从“混乱”中将人类拯救出来。“文化”的使命和任务就是要将“寻常自我”“普通自我”或“低级自我”，提升为“优秀自我”，赋予他们以“理性的人性”或“博大的人性”。阿诺德反对将“普通自我”的“欲望”，抬高到“普遍的、哲理性的、了不起的”高度：“我们坚持认为不应将天生的低级趣味当做崇高赞赏，事实上人们常常将两者混为一谈”，而“将天生低级趣味当做热爱崇高赞赏是极其危险的错觉，文化要做的就是揭穿这个迷梦”②。阿诺德说，“伟大的文化使者怀着大的热情传播时代最优秀的知识和思想，使之蔚然成风，使之传到社会的上上下下、各个角落”③；它“高举人类完美的理想”，“因为这理想是内里的精神活动，它的特点是好上加好，使美好、光明、生命力和同情心都更上一层楼”④。阿诺德把文学当做培养“优秀自我”的重要手段，“假如习惯势力使我们很

① 《文化与无政府状态》，10—11页。
② 《文化与无政府状态》，231页。
③ 《文化与无政府状态》，31页。
④ 《文化与无政府状态》，26页。

难在文学和宗教上获得最优秀的自我和至高权威的思想，那么在政治上要树立优秀自我和至高权威的意识就更是难上加难了”[①]。他认为莎士比亚和维吉尔是“美好与光明的典范，代表着人性中最富有人情的一切”[②]。

事实上，阿诺德宣达的文化理念和崇奉的文化精神具有能被广泛认同的普世价值。别林斯基就有过相近的论述。他在《琐事琐谈》一文中说：“只有当文明有助于教化，因而也有助于善——人的生活、民族的生活、人类生存的惟一目的——的时候，文明才是有价值的。”[③]他还在一篇专门谈论道德问题的文章中这样说：“一个人应该力求达到完美境界，把幸福寄托在跟他的责任相适应的状态中：这便是基本的道德法则。”他认为，每一个人作为人类这伟大整体的一员，一部分，应该爱人类，“他通过他们爱自己，又通过自己爱他们”[④]；不仅如此，他还对改善人类的生活充满信心：“这种对于人类不断改进的甜美的信念和神圣的确信，应该会促使我们从事我们个人的改进、应该会赋予我们向改进的道德突进的力量和坚定性。”[⑤]

---

① 《文化与无政府状态》，88—89页。
② 《文化与无政府状态》，20页。
③ 《别林斯基选集》第一卷，319页。
④ 《文化与无政府状态》，436页。
⑤ 《文化与无政府状态》，437页。

是的，文化是一种伟大的事业，是与人类生活的进步密切相关的事业；它帮助人把自己从兽性的桎梏和野蛮的深渊中解放出来，教会人懂得优雅、得体、高贵和尊严的意义，而不是蛊惑、纵容人深溺于极度自私的道德放纵和精神堕落。而文学作为文化的具有核心意义的构成部分，更是担负着培养健康的审美趣味和良好的道德情感的责任，担负着点燃人们追求美好与光明的内在热情的任务。真正的文化意义上的写作不是把作者自己的痛苦和灾难强加给别人，而是赋予自己的痛苦以超越的性质，并用光明驱除黑暗，用美好战胜丑恶，把“新的感情”带到生活里，最终携带他人共同走向完美。

文化的使命就是文学的使命。文化的责任就是文学的责任。而无论从哪一方面讲，文学批评都属于文化和文学的不可或缺的构成部分，因此，每一个批评家都应该积极培养自己的成熟的批评气质和健全的伦理意识，自觉地担当起伟大而崇高的文化使命，让批评成为照亮寒夜的灯火，成为荡污化秽的净水，从而最终成为有助于心灵生活诗意化和社会生活文明化的积极力量。

文学批评的典范

——重读别林斯基

一

五月二十六日，是别林斯基辞世的日子，而二〇一三年，则是他逝世的第一百六十五个年头。在这个文学风尚不断变换的时代，别林斯基已然是一个黯淡的名字；在那些趋新求异者的眼里，他的文学批评，也早就过期失效了。但是，在我看来，别林斯基是自己时代文学的引路人，是普希金等大师的知音，是果戈理和陀思妥耶夫斯基等人的伟大作品的助产士。他的堪称经典的文学批评，不仅极大地提高了俄罗斯民族的文学创作水准和文学鉴赏力，而且，还对世界文学，尤其是中国的发轫期的现代文学，产生了极大的影响。

顺着活跃于十九世纪三四十年代的几乎随便哪一位俄罗斯大师的路径，你就可以走近别林斯基的世界，就会在俄罗斯文学的辽阔原野上与他邂逅。记得刚上大学的时候，我喜欢上了那些让人开心和发笑的作品，喜欢上了喜剧文学和讽刺小说。果戈理的小说和喜剧，更是让我喜欢到了入迷的程度。果戈理的绝妙的讽刺，总是叫人忍俊不禁，甚至常常使人笑出声来。

后来，我便很留意关于果戈理的评论和研究。我注意到，几乎所有谈到果戈理的文章，都会提到别林斯基的名字。于是，因为果戈理，我开始读别林斯基的评论。他对果戈理的分析和评价，几乎全都是我“意中所有”。别林斯基充满热情、诗意和洞见的评论，简直令我五体投地。

读其书不知其人可乎？那么，别林斯基到底是一个什么样的批评家呢？通过阅读波利亚科夫的《别林斯基传》、屠格涅夫《回忆录》中的《回忆别林斯基》、巴纳耶夫的《群星灿烂的年代》《巴纳耶娃回忆录》、赫尔岑的《往事与随想》和米尔斯基的《俄罗斯文学史》等著作，我对别林斯基有了更多的了解和更全面的认识。

在纳博科夫被评价为“用包括俄语在内的所有语言写就的最好的一部《俄国文学史》”中，著名的文学史家米尔斯基这样评价别林斯基："他是知识分子的真正父亲，体现着两代以上俄国知识分子的一贯精神，即社会理想主义、改造世界的激情、对于一切传统的轻蔑，以及高昂无私的热忱。他似乎成了俄国激进派的守护神，直到如今，他的名字几乎仍是唯一不受批评的姓氏。……他对于那些于一八三〇——八四八年间步入文学的作家所做评判，几乎总被无条件接受。这是对一位批评家的崇高赞颂，很少有人获此殊荣。"[①]这样的评价是很高的，也是很恰当的。

在别林斯基成熟期的文学观念里，文学不是一种属于个人的孤立的偶然现象，而是与一个民族和全人类的整体的精神生活密切相关的伟大的文化现象。由于将"共同性、相互联系、依赖性和连锁性"当做"文学的特点"，别林斯基便特别强调个人生活和文学的"普遍性"："谁具有更多的普遍性，谁就更富有生命；没有普遍事物的人，就是行尸走肉，虽生犹死。一个人具有普遍性，这表现在什么地方呢？——表现在下面一点上：他理解一切合乎人的天性的东西，一切构成天性的本质和特点的东西，他有权利对自己说：'我是一个人，没有任何人性的东西和我是格格不入的。'对一个具有普遍性的人来说，个人的利益和世俗的需

---

① 德·斯·米尔斯基：《俄国文学史》上卷，刘文飞译，人民出版社2013年版，228—229页。

要是次要的东西，天性和人性才是主要的东西。”[①]别林斯基所说的“普遍性”，就是一种高尚的、有教养的生活态度和生活方式，是开放的、包容的、利他主义的，而不是封闭的、狭隘的、利己主义的。对别林斯基来讲，文学即生活，谈论文学就是谈论生活本身，谈论如何写作就意味着谈论如何生活，所以，一个优秀的作家，就是一个摆脱了低级的生活形态的人，就是一个鼓舞并引导人们高尚地生活的人：“是的，生活并不等于是有这么许多年吃吃喝喝，为官衔和金钱奔波劳碌，空闲下来时，打呵欠，玩纸牌：这种生活比死还糟，这种人比禽兽还不如，因为动物虽然屈服于自己的本能，却还要充分利用它天生可以用来生活的一切手段，勇往直前地完成它的使命。生活就意味着：感觉和思索，饱受苦难和享受快乐；其余的一切都是死亡。我们的感觉和思想所包含的内容越是丰富，我们饱受苦难和享受快乐的能力越是强大和深刻，我们就生活得越多：一瞬间这样的生活，比麻木昏睡、浑浑噩噩、庸俗无聊地活上一百年，还要有意义得多。”[②]别林斯基试图帮助自己时代的人们理解个人与祖国的关系、爱祖国与爱人类的关系：“对于一个完备而健康的人来说，祖国的命运总是沉重地压在他的心头；一切

---

① 别林斯基：《别林斯基选集》第二卷，满涛译，上海译文出版社1979年版，451页。

② 《别林斯基选集》第二卷，452—453页。

高贵的人，总是深刻地认识到他和祖国的亲密关系、血肉联系。……在他的灵魂里，在他的心里，在他的血液里，负载着社会的生活：他为社会的疾病而疼痛，为社会的苦难而痛苦，随着社会的健康而蓬勃发展，为社会的幸福而感到快乐。……对祖国的爱应该从对人类的爱出发，正像局部从普遍出发一样。热爱自己的祖国，这就是意味着：热诚希望祖国实现人类的理想，并且尽力促其实现。否则，爱国主义就将变成中国人气质，爱本国的东西，仅仅因为它是本国的，憎恶外来的东西，仅仅因为它是外来的，甚至于对于自己的丑陋和畸形也是顾影犹怜，赏玩不尽。”[①]别林斯基的这些观念，完全是一种崭新的新人文主义思想。优秀的俄罗斯作家之所以优秀，伟大的俄罗斯文学之所以伟大，就是因为“社会性”和“人类性”被当做灵魂性和基础性的东西，而这“灵魂”和“基础”的形成，是与别林斯基的启蒙主义引导分不开的。

对生活的“社会性”和“人类性”的自觉意识，必然合逻辑地指向这样一点，那就是，强调文学的责任感和自觉性：“文学是民族的自觉：文学像一面镜子，反映着民族的精神和生活；文学是一种事实，从这里面可以看出一个民族所负的使命，它在人类大家庭中所占的位置，它通过它的存在所表

---

① 《别林斯基选集》第二卷，454—455页。

现的人类精神的全世界性历史发展的阶段。一个民族的文学的源泉，可能不是某种外在的动机，或某种外部的推力，而仅仅是一个民族的世界观。……世界观是文学的根源和基础。”①正因为这样，所以，别林斯基对俄国文学的要求就特别严格，批评也特别严厉。他很少夸夸其谈地赞美俄国文学，也很少用“创造了辉煌”“达到了高峰”“写出了极品”“制造了地震”等廉价的语言来吹捧俄国作家。他总是以更高的标准来要求俄国文学，总是以尖锐的语气表达自己对俄国文学的不满和希望。他说：“我们的文学过去并不辉煌，目前也很灰暗，可是我们丝毫也不应该对未来绝望。……当我们攻击我们的文学的时候，我们只是想驳斥那种具有可笑的自我陶醉的看法的人，他们把少数人看作无穷尽的多数人，真诚地相信俄国文学凌驾乎英国文学、德国文学、法国文学之上。”②俄国文学的健全发展和辉煌成就，与别林斯基的永不自满的尖锐批评，有着深刻的因果关系。正是通过这种尖锐而正确的批评，别林斯基培养了俄罗斯作家的“世界观”，培养了他们高贵的文学气质，培养了他们对文学的庄严而朴实的态度。

当然，就学术水平来看，别林斯基并非第一流的学者，就认知能力来看，他也并不总是正确的。在政治上，他曾经赞

① 《别林斯基选集》第二卷，396页。
② 《别林斯基选集》第二卷，438—439页。

美过沙皇发动的波罗金诺战争；在美学理念上，他曾经宣扬过“纯艺术”论；在文学上，曾经贬低甚至否定过乔治·桑和席勒，对圣博甫的“历史批评”，也曾做过不正确的评价；从认知方式来看，正像普列汉诺夫所批评的那样，“一般来讲，别林斯基在抱有妥协情绪的时期，往往滥用先验论的逻辑体系，并且轻视事实”。[①]然而，“他痛心而愤恨地回忆自己以往思想上的迷误，并运用自己的全部才智和力量来补偿这些过失”。[②]所以，在这样的错误和转变里，人们所看到的，不是见风使舵的摇摆，而是一以贯之的真诚态度与自我纠正的勇气，正像以赛亚·伯林所指出的那样：“他的一贯，是道德上的一贯，而不是思想上的一贯。”[③]

二

作为批评家，别林斯基远不是一个人人都喜欢的人，而是一个招怨树敌甚多的人。他是专制政府和斯拉夫主义者的眼中钉，也是文学界许多人的肉中刺。他之所以成为不少人集矢

---

① 普列汉诺夫：《普列汉诺夫美学论文集》（Ⅰ），曹葆华译，人民出版社1983年版，206页。

② 《群星灿烂的年代》，281页。

③ 以赛亚·伯林：《俄罗斯思想家》，彭淮栋译，译林出版社2001年版，196页。

的怨府，很大程度上，是因为他的极为罕见的坦率和正直，按照伯林的形象而夸张的描述："他常像一只肉食鸟，扑击一位作家，酣畅尽言，将其人片片撕碎。"[①]不错，敢于表达自己态度和主张的坦率性，敢于反驳对方观点的论战性，这就是一个优秀批评家最重要的精神特点。二十世纪中叶，德国学者马克斯·本塞曾经写过一篇题为《批评与论战》的短文，冯至先生将它译了过来，发表在一九四四年昆明出版的《自由论坛》上。这篇文章的作者认为，应该将"批评"与"论战"区分开来，因为批评家区分作品的真伪，评定它的价值，而论战家则以宣示和捍卫真理为己任，"热情饱满，思想充沛，同时对人类有强烈的爱，他的生存是有血有肉的。所以一个论战家的态度必须是道德的"[②]。

这样的区分，其实并不很科学。因为，在批评家与论战家之间，并没有泾渭分明的界线。第一流的批评家，如别林斯基、勃兰兑斯、鲁迅、乔治·奥威尔，往往都具有论战家的道德姿态和精神气质。克尔凯郭尔说："生产者、新的创造者，永远需要场所，所以他是战斗者。"事实上，批评家也需要有"战斗者"的精神，因为，只有具备了这种精神，他才敢于坦率而尖锐地表达自己的意见，才敢于颠覆固有的文学秩

① 《俄罗斯思想家》，195页。
② 冯至：《冯至学术论著自选集》，北京师范学院出版社1992年版，211页。

序，才敢于向文学界的权威们发出尖锐的质疑。

作为一个新型的知识分子，别林斯基从不为了“论战”而论战。他的“论战”有着利他主义的积极的性质，有着稳定的价值立场与明确的精神指向——为了实现人的解放与自由，为了捍卫人的价值与尊严。别林斯基热爱真理和自由，富有正义感和同情心，是一个热情的理想主义者和高尚的利他主义者。他反抗权贵阶级和社会不公，同情那些受奴役与受损害的底层人。对他来讲，为了自己的利益而随波逐流，或者，因为恐惧而沉默或撒谎，简直就是可耻的堕落。他将文学批评当做追求真理和正义的事业。别尔嘉耶夫说：“对他来说，文学批评只是体现完整世界观的手段，只是为真理而斗争的手段。”[①]正因为这样，在表达意见的时候，他的态度就特别坦率和勇敢，没有一丝一毫的犹豫和畏惧，总是表现出“角斗士”般的激情。

在一些人的错误的观念里，文学批评是一种低级的依附性的精神现象，是任何一个略有表达力的人都可以搞的事情。然而，在别林斯基看来，文学批评却是一种极有难度、极为复杂的工作，需要具备多方面的能力和修养才行。他在《论〈莫斯科观察家〉的批评及其文学意见》中说：“批评才

① 别尔嘉耶夫：《俄罗斯思想》，雷永生、邱守娟译，三联书店1995年版，57页。

能是一种稀有的、因而是受到崇高评价的才能……有人认为批评这一门行业是轻而易举的，大家或多或少都能做到的，那就大错特错：深刻的感觉，对艺术的热烈的爱，严格的多方面的研究，才智的客观性——这是公正无私的态度的源泉，——不受外界诱引的本领；从另一方面来说，他担当的责任又是多么崇高！人们对被告的错误习见不以为怪；法官的错误却要受到双重嘲笑的责罚。”[①]别林斯基无疑就是这样一个具有这种“稀有”才能和“公正无私”态度的人，而他的文学批评，则因此有了近乎完美的典范意义。

三

文学是一所特殊样式的学校。如果说，教育人是文学的固有功能，那么，文学批评则是强化文学的教育作用的重要手段。别林斯基明白这一点，所以他要用自己的批评，改变人们的意识结构，提高人们的鉴赏力，指导人们对艺术和文学的认识和理解。他说：“我们的批评应该对于社会起家庭教师的作用，用简单的语言讲述高深的道理。它在原理方面应该是德国式的，在叙述方式方面应该是法国式的。”[②]所以，他的

---

① 《别林斯基选集》第一卷，324页。
② 《别林斯基选集》第一卷，326页。

文学批评是深刻的，也是活泼的，没有一点儿迂腐沉闷的学究气。他在《论巴拉廷斯基的诗》中说："我们必须指导人们的审美口味和关于典雅事物的理解，拓展人们对典雅事物的爱好。"[①]为了实现这一目标，他在帮助读者理解和欣赏第一流的杰作的同时，毫不宽假地批评了那些有问题的劣作。他认为，杂志应该为读者提供"批评"："批评应该是杂志的灵魂、生命，应该是它的一个经常持久的专栏，是一篇绵长的、不中断和不结束的论文。"[②]在为《望远镜》《祖国纪事》《现代人》等杂志所写的大量的批评文章里，别林斯基深刻地分析了普希金、莱蒙托夫、果戈理、陀思妥耶夫斯基、柯尔卓夫、克雷洛夫、波列伏依等人的文学成就和局限，描述了俄罗斯文学的流变轨迹，指示出俄国文学应该前行的方向——伯林高度评价他在这一方面的伟大成就："他传给别人一种真理神圣之感，从而改变了俄国人的批评标准。……他改变了众多俄国人思想与感觉、经验与表达的品质与格调。"[③]

在人们的印象中，别林斯基像契诃夫一样，是一个没有宗教信仰的人。他因为"极其粗野地谩骂基督"，受到陀思妥耶夫斯基的尖锐批评和猛烈攻讦："他在骂基督的时候从来不对自己说：我又能以什么来代替基督呢？……他极端

① 《别林斯基选集》第一卷，224页。
② 《别林斯基选集》第一卷，319页。
③ 《俄国思想家》，222页。

地自满，这已经是他本人的讨厌并可耻的麻木了。”[①]事实上，别林斯基有自己的“上帝”；他的上帝是这样一个“理念”——“它不仅是智慧的，并且还是有爱心的！人啊，为你崇高的使命骄傲吧，骄傲吧”；在这伟大的“理念”里，正确的道路只有一个，那就是“摒弃利己主义，把自私的我踩在脚下，为别人幸福而生存，为同胞、祖国的利益，为人类的利益牺牲一切，爱真理和善良，不是为了求得报酬，而是为了真理和善良本身，背起沉重的十字架，受尽苦难，然后重见上帝获得永生……”[②]他将这称作“永恒理念的道德生活”。由此看来，陀思妥耶夫斯基对别林斯基的批评，是很不准确、很不公平的。

是的，别林斯基全部的文学批评，都植根于这个伟大的“理念”之中；他的批评不仅是一种求真的认知行为，而且是一种求善的伦理行为。他的文学在表达爱意和善念方面所达到的高度，一点也不比那些伟大的俄罗斯作家低。他怀疑并排斥“基督”，但他用自己的“理念”和方式来行善。他特别关注政治和社会问题，关心人类的处境与幸福。所以，虽然别林斯基一度曾经宣扬过“纯艺术”的主张，但是，进入文学上的成熟时期，他便将自己的文学观念放置在道德和

① 陈燊主编：《陀思妥耶夫斯基全集》第二十二卷，河北教育出版社2010年版，842—843页。

② 《别林斯基选集》第一卷，19—20页。

伦理的基础之上，将“善”置于“美”和“真”之上。在关于德罗慈陀夫的《道德哲学体系试论》的书评文章里，别林斯基用充满激情和诗意的语言，体系性地表达了自己的文学伦理思想，阐释了“道德法则”和“对人类的爱”，甚至谈及“灵魂”的“永恒的秘密”等伦理学范畴的问题：“文学和艺术也是为最高的善服务的，而这最高的善同时也就是最高的真和美。”[①]根据这样的文学理念，别林斯基所理解的文学批评，就不再是一种狭隘的专业行为，而是近乎宗教信仰一样庄严的伟大事业。

四

文学批评的直接客体对象是作品，直接主体对象则是作家。文学交流本质上是人与人之间的交流。文学批评则是主体之间经由作品展开的对话和对抗。以开放的态度承受他者的批评，以对话的姿态回应别人的质疑，是每一个参与公共生活的现代公民的社会义务。

在作家面前，批评家必须保持不卑不亢的对话姿态，要把作家当做一个可以质疑的对话者，必须向他发问并陈述自己的真实判断。与作家之间产生矛盾和冲突，难免会因此受到误

---

① 《别林斯基选集》第一卷，428页。

解甚至伤害，对此，批评家无须觉得委屈和不平，而应该将它看做自己必须承担的压力和考验。

一八三四年，二十三岁的别林斯基写出了天才的评论文章《文学的幻想》。在这篇文章中，他表达了对依然处于幼稚阶段的俄国文学的不满，甚至认为俄国“没有文学”。他说：“文学是民族的自觉，凡是没有这自觉的地方，文学如果不是早熟的果实，就是博取生活资料的手段，某一阶层的人的手艺。”[①]为了帮助自己时代的文学摆脱对欧洲人的“模仿者”角色，他试图改变批评界的那种拍马溜须、只说好话的风气。别林斯基对那种低三下四地讨好作家的势利的批评家深恶痛绝：“到现在为止，我们的文学界仍旧流行着一种可怜的、幼稚的对作家的崇拜，在文学方面，我们也非常重视爵位表，不敢对地位高的人说真话。碰到一位名作家，我们总是只限于说些空话和溢美之辞；不顾情面地说真话，我们就认为是亵渎神圣。”[②]他反对“文学中的偶像崇拜”：“什么东西曾是、现在是、我认为将来还有很久一段时间将是极度妨碍在俄罗斯传布文学的基本概念以及培养口味的主因？那便是文学中的偶像崇拜！……盲目的狂信常常总是社会幼稚的命运。……要冒犯几个芝麻大的小权威，我们还得拥有对真理

① 《别林斯基选集》第一卷，322页。
② 《别林斯基选集》第一卷，36页。

的公正无私的爱以及性格的力量才行呢，大些的权威就更不用说……”[①]别林斯基知道冒犯这些“偶像”，会有什么样的后果，但是他无所畏惧：“跟社会舆论进行战斗，明目张胆地反对它的偶像，是一件非常可怕的事情；可是，我胆敢这样做，与其说是因为有勇气，毋宁说是为了对真理的无私的爱。”[②]别林斯基受到了猛烈的攻击。他被称为“冷评家”和“酷评家”。有人则编造谣言侮辱他的人格，试图从道德上击垮他。他一如既往，毫不畏葸。

以平等而自由的姿态向作家说真话，一针见血而又有理有据地指出问题，是别林斯基文学批评的基本原则。在别林斯基心目中，没有哪位作家是不可以批评的，也没有什么问题是不可以谈论的。他绝不讨好任何作家，无论他社会地位有多高，无论他曾经享有多高的文学威望。他批评以“俄国的伏尔泰自居”的苏玛罗科夫：“他的全部艺术活动，不过是可怜亦复可笑的装腔作势而已。……然而，这个可怜的劣等文士却坐享了怎样的盛名啊！”[③]他批评卡拉姆辛，认为他的作品的主要缺点，“在于他那常常是幼稚的、至少是永远没有丈夫气概的对事物和事件的看法；雄辩家的夸夸其谈”[④]。他批评欧

① 《别林斯基选集》第一卷，55页。
② 《别林斯基选集》第一卷，95页。
③ 《别林斯基选集》第一卷，40页。
④ 《别林斯基选集》第一卷，62页。

仁苏的“声名远扬”的《巴黎的秘密》是“最可怜最平庸的作品”[①]。他毫不客气地否定杰尔查文的全部文学成就：“杰尔查文的全部作品基本上都是一些仅仅在细节部分镶嵌着珍贵发亮宝石的不成样子的粗笨玩意儿。”[②]他批评玛尔林斯基“才能非常片面，他的作品没有任何深度，任何哲学，任何戏剧性；结果，小说中所有一切的主人公们都从一个模子里刻出来，差别仅仅在姓名而已；他在每一部作品里都重复着自己”[③]。尽管时间已经过去了一个半世纪，但是，别林斯基的这些判断和评价，至今仍然被认为是正确而可靠的。

五

别林斯基文学批评的典范性，他对文学真理的无条件的热爱与忠诚，近乎完美地体现于他对果戈理的肯定与否定兼而有之的批评。在世界文学史上，像果戈理与别林斯基这样的相得益彰的创作—评论共生现象，极为罕见。阅读果戈理的作品，而不读别林斯基的评论，就好比游览巴黎而漏掉了卢浮宫。

---

① 别林斯基：《别林斯基选集》第五卷，辛未艾译，上海译文出版社2005年版，442页。

② 《别林斯基选集》第五卷，39页。

③ 《别林斯基选集》第一卷，96页。

果戈理的幽默和讽刺，不同于拉伯雷和莫里哀，也不同于萨克雷和菲尔丁——他对自己笔下的人物充满温柔的怜悯，甚至深深地爱着他们，所以，他的讽刺就谑而不虐，有一种含着同情的诗意性的感伤，让人在捧腹大笑之后，顿觉悲从中来，心里别有一种酸楚而怅惘的感觉。对果戈理作品的这一特点，别林斯基的阐释，准确而深刻，令人拍案叫绝。尤其是一八三五年发表于《望远镜》的《论俄国中篇小说和果戈理君的中篇小说》，激情饱满，酣畅淋漓，不仅提出了“熟悉的陌生人”“含泪的喜剧”等经典性的概念，而且还在开阔的比较视野中，揭示了果戈理作品的“显著特征”：“构思的朴素、十足的生活真实、民族性、独创性”，以及“那总是被悲哀和忧郁所压倒的戏剧性的兴奋”①。揭示了果戈理“纯粹俄国的幽默”的特点：“平静的、淳朴的幽默，作者在这里装扮成傻子的模样”，以及“诗歌的秘密”——“当你一直读到那悲喜剧的结局的时候，为什么会那么悲痛地微笑，那么忧郁地叹息呢？这便是诗歌的秘密！这便是艺术的魔力！你看见的是生活，看见了生活，就不得不叹息！……”②他认为果戈理的中篇小说的“纯洁的道德性”，将“对世道人心发生强烈而有益的影

① 《别林斯基选集》第一卷，183页。
② 《别林斯基选集》第一卷，194页。

响”——“啊！在这样的道德性面前，我是随时准备屈膝下跪的！”别林斯基的这篇评论文章，凡认真读过的人，莫不击节称赏。正是通过别林斯基的引导，读者才更深刻地认识到了果戈理的价值，才理解了他的喜剧性作品的意义。

然而，后来，果戈理却出版了他的《与友人书简选粹》。在这本新作里，他自我作践，贬低自己的创作成就，否定自己昔日的文学精神，并且宣布，“只有到了自己的作品获得沙皇满意的时候，您才会对这些作品感到满意”[①]；还赞美俄罗斯的官方宗教，赞美落后的沙皇制度和宗法制度。果戈理的这本“极为有害的书”，“深深地激怒了和侮辱了”别林斯基。在他看来，果戈理误解了俄罗斯民族的“天性”，因为“神秘的狂热不是他们的天性”[②]；这本书不仅降低了果戈理作为作家的身价，特别是降低了他作为人的身价。作为一个伟大的人道主义者和启蒙主义知识分子，别林斯基认为俄罗斯“最迫切的民族问题就是消灭农奴制，取消肉刑，尽可能严格地去实行至少已经有的法律”，然而，果戈理却教导地主“向农民榨取更多的钱财，教导他们把农民骂得更凶”。别林斯基说：“这难道不应该引起我的愤慨吗？……即使您有意要谋害我的性命，我也不会比为了这几行可耻的文字更仇恨

① 别林斯基：《别林斯基选集》第六卷，辛未艾译，上海译文出版社2006年版，471页。

② 《别林斯基选集》第六卷，468页。

您。”[①]。在《给果戈理的信》的开头部分，别林斯基说过这样一段话：“自尊心受到侮辱还可以忍受，只要一切问题都局限在这里，我在理智上还是能对这个问题沉默不语的，然而到得真理与人的尊严受到侮辱，这却是不能忍受的；在宗教的庇护下和鞭子的防卫下把谎言和不道德当作真理和美德来宣传，这是难以沉默的。”[②]别林斯基就是这样一个为真理和正义而战的“论战家”，就是这样一个高尚而伟大的文学批评家。

六

别林斯基生于一八一一年五月三十日，死于一八四八年五月二十六日，死得实在太早、太可惜了。在一八四〇年三月二十四日致鲍特金的信中，别林斯基说过这样的话：“我将死在杂志岗位上，吩咐在棺材里，在头旁放一本《祖国纪事》。我是文学家，我带着病痛的、同时是愉快而骄傲的信念这样说。俄国文学是我的生命和我的血。”[③]为了俄国文学，他不知疲倦地阅读和写作，实可谓鞠躬尽瘁，死而后已。

虽然只活了短短的三十七年，但别林斯基却完成了许多

① 《别林斯基选集》第六卷，466页。
② 《别林斯基选集》第六卷，464页。
③ 《别林斯基选集》第二卷，422页。

人活到老年也未必能完成的工作。他留下十三卷俄文本《别林斯基全集》，而由满涛和辛未艾先生翻译的中文版《别林斯基选集》，也有煌煌六卷，总计二百九十多万字。书籍是作者的人格镜像，是通向真理的林中小路。别林斯基的著作，就是他伟大人格的“客观对应物”，就是他不朽的纪念碑。有这样的著作留存下来，就意味着他的精神将薪火相传。只要人们仍然热爱文学，仍然热爱真理，那么，他就会作为文学批评的伟大典范，常常被人谈起，就会受到人们永远的崇敬和怀念。

用别林斯基的尺度来衡量，无论是我们时代的文学写作，还是我们时代的文学批评，都没有达到令人满意的成熟状态。我们缺乏别林斯基那样的“论战家”型的批评家，缺乏像别林斯基那样把文学当做圣物的纯粹态度。我们把人情世故和利害得失，置于文学之上，害怕得罪人，害怕人家说自己苛刻和不厚道，因此，在展开批评的时候，便畏首畏尾，患得患失，就像刘知几在《史通·直书》中所批评的那样：“宁顺从以保吉，不违忤以受害也。”

在今天，纪念别林斯基，固然意味着对一个伟大批评家的追怀和致敬，也意味着对文学批评前行路向的重新确认。别林斯基的批评文本里，有着引导我们走出困境的“阿里阿德涅之线”。要想改变文学批评的现状，要想遏止写作上肆无忌惮地粗制滥造的风气，就需要具备像别林斯基那样的“论战家”的性格，就需要在我们的意识里注入敢于质疑的勇气，就需要在我们内心培养善于“论战”的能力。假如我们的批评家面对文学，都能像别林斯基那样执着和热诚，那样严格和认真，那么，我们时代的文学风气一定会更好。

唯美主义的傲慢与“憎恨学派”的恶谥

——从布鲁姆的莎学研究看纯文学批评的局限

一九九四年，随着《西方正典——伟大作家和不朽作品》的出版，哈罗德·布鲁姆的莎士比亚研究和批评，产生了很大的影响，而他也就成为美国莎学研究的一个重要学者。

哈罗德·布鲁姆仿佛站在“纯文学”的城堡上守护“正典”的“黄昏清兵卫”。在古典文化和古典文学日渐寥落之际，他的“使命意识”颇有几分悲壮的色彩：“作为一种普遍的世情，文化过时现象在美国尤为突出。我们是西方传统的最后继承者。”[①]

他将莎士比亚当作“西方传统”的麦加和耶路撒冷。他对莎士比亚的态度非常虔诚，评价也非常高。他在自己的类乎文学史的著作中，将莎士比亚摆放到遴选出的二十六位作家甚至是整个欧洲作家的最高位置，奉之为“贵族时代的第一人”与“西方经典的核心人物”。

他在赞美莎士比亚的时候，是不吝赞词的：“莎士比亚就是文学经典。他设立了文学的标准和限度。”[②]他从莎士比亚的作品里，感受到了一种类似精神故乡的感觉：“作为迄今为止最伟大的一位文学巨匠，莎士比亚却经常给我们相反的印象：他让我们不论在外地还是在异国都有回乡之感。他的感化和浸染能力无人可比，这对世界上的表演和批评构成了一种永久的挑战。”[③]

他自己虽然是拒绝教化的傲慢的唯美主义者，但也承认莎士比亚“创造了我们”：“无论怎样，我们不能抛弃莎士比亚，或抛弃以他为中心的经典。我们常常忘记的是莎士比亚在很大程度上创造了我们，如果再加上经典的其他部分，那就是莎氏与经典一起塑造了我们。”[④]此处的表达虽然给人一种抒

① 《西方正典》，23页。
② 《西方正典》，36页。
③ 《西方正典》，2页。
④ 《西方正典》，28—29页。

情的诗意感，但他的情感态度，倒也不显虚假；他也许就是要用这种极而言之的话语，来抒发自己对莎士比亚的热爱之情。

然而，他对莎士比亚的解读和评价是狭隘的。他强调文学作为“高雅艺术”的“内在性”。文学研究和文学批评必须服从这种“内在性”的要求：“从传统内部着手绝非意识形态之举或让传统为任何社会目的服务，即使这目的在道德上令人赞赏。只有审美的力量才能透入经典，而这力量主要是一种混合力：娴熟的形象语言、原创性、认知能力、知识以及丰富的词汇。”[①]他就将莎士比亚当作这样一个纯粹的、可以让“审美的力量”透入的审美现象。同时，他通过跨越时空的“统一战线”手段，将莎士比亚拉入自己的阵营，让莎士比亚跟自己一道抵抗“憎恨学派”的反扑和进攻：“我确信莎士比亚的卓越会是憎恨学派最终无法逾越的巨石。”[②]他否定莎士比亚的社会意义和教育功能：“文学研究无论怎样进行也拯救不了任何人，也改善不了任何社会。莎士比亚不会使我们变好或变坏，但他可以教导我们如何在自省时听到自我。接着，他也许会教我们如何接受自我及他人的内在变化，也许包括变化的最终形式。”[③]

这段话的认知是混乱的，语气是横恣的，判断是任性的。文学研究是否能改善社会，这不是一个简单的问题。它不

① 《西方正典》，20页。
② 《西方正典》，18页。
③ 《西方正典》，22页。

能以立竿见影的方式直接改善社会，但是却有助于改变那些能够改善社会的人们的意识世界，所以，它在某种程度上，也确实在以自己的方式“改善社会”。阿诺德认为作家应该像古典作家学习，原因是，“当他深入伟大的经典著作的精神之中，他渐渐地意识到它们深刻的意义、高尚的质朴和深沉的悲怆时，他将会相信，古典诗人所孜孜以求的正是这种道德的效果，道德效果的统一性和深刻性；正是这一点构成了他们作品的伟大，并使它们成为不朽”[①]。伟大的作家都将道德效果放在重要位置的，因为，他们相信文学可以对人们的道德意识和精神气质产生积极的影响。

《西方正典》的作者观察莎士比亚的孔道如此细小，就仿佛是用显微镜来瞭望喜马拉雅山。这必然导致对莎士比亚的肢解和误解，也必然置自己于被动的境地。因为，莎士比亚实在太辽阔了，太深邃了，太丰富了，用“纯审美”的概念来概括他，就像要把一匹骏马赶进山羊的窝棚里，就像要把一只孔雀塞进鹦鹉的笼子里。

文学远比“纯审美”理论的倡导者所看到的，要丰富和复杂。事实上，就像别林斯基所批评的那样，“纯艺术究竟是什么东西，连它的拥护者都不是很了解。因此，这在他们那里无

① 《十九世纪英国文论选》，吴苏敬等译，人民文学出版社1986年版，194页。

非是一种理想，而在实际上是不存在的。在实质上，这种纯艺术论不过是另一种坏的极端中的坏的极端而已，也就是说，从艺术是惩恶扬善的、是教训人的、冷漠的、枯燥的、僵死的转向另一极端，它的作品无非是命题作文的修辞练习罢了。”[①]

哈罗德·布鲁姆几乎是在论战的语境和氛围里，完成了自己将莎士比亚供上“正典”殿堂的仪式。他制造出了“憎恨学派”（School of Resentment）这样一个近乎污名化的概念，用以指代所有那些试图从政治、道德、宗教、女权主义等角度阐释莎士比亚的人。从托尔斯泰到所有非审美化的批评家和学者，全都被扣到了这顶大帽子的下面。这是一个接近学术上的“阶级敌人”的概念，也是一个极其粗暴的修辞行为和极其简单化的命名行为。对了，“敌人”和“阶级斗争”也是他特别喜欢动用的重量级“大词”。

哈罗德·布鲁姆极力把文学的个人性与社会性、审美性与有用性对立起来。他认为，“审美只是个人的而非社会的关切”[②]，而“莎士比亚位居经典核心的秘密部分地在于非功利性”[③]。在他看来，“莎氏评论已经完全背离了莎作的审美价值，并试图将他降低到英国文艺复兴时期的‘社会动力’层面

① 《别林斯基选集》第六卷，585—586页。
② 《西方正典》，12页。
③ 《西方正典》，41页。

上去”[①]。

他说自己写作《西方正典》一书的部分目的，“就是要挑战左的和右的文化政治学，因为它们正在摧毁批评，也许随之还在摧毁文学本身”[②]。他认为，“审美与认知标准的最大敌人是那些对我们唠叨文学的政治和道德价值的所谓卫道者。……莎剧的功能与公共道德和社会正义几乎毫无关联”[③]。解剖他的这些与常识完全拧着来的理念，反驳他的与事实完全捍格不入的观点，不用特别大费周章，只要将他的《西方正典》，与他的本家阿兰·布鲁姆的经典之作《莎士比亚的政治》[④]对读，就可以解决问题了。

我们会心悦诚服地接受阿兰·布鲁姆的深刻判断：莎士比亚不仅是审美的，还是政治的；也就是说，一个完整的莎士比亚，意味着他有一个不可或缺的构成部分——“政治的莎士比亚”。

我们也会发现这样一个事实：伦理性与政治性的文学批评，与审美性的文学批评一样重要，而难度却一点儿也不比后者更低，价值也不比后者更小。

---

① 《西方正典》，2页。

② 《西方正典》，45页。

③ 《西方正典》，28页。

④ 关于此书，我在《莎士比亚戏剧的意义世界及其表现》中多有征引。

哈罗德·布鲁姆对所谓的“憎恨学派”的批评，充满了尖刻的讽刺甚至人身攻击。他随意揣度批评家的人格和动机。例如，托尔斯泰作为“憎恨学派”的头号“大右派”，就被他骂得很不堪。

在他看来，托尔斯泰之所以批评莎士比亚，完全是因为嫉妒心在作祟：“显然，托尔斯泰《何为艺术？》之类的文章是一个灾难，并使人不禁要问一个严肃的问题：为什么这样一个大作家会如此错谬？……托尔斯泰对美学的反叛有一个次要原因就是创作上的嫉妒。托尔斯泰对莎士比亚与荷马共享的荣耀并不认可，并抱有一种特别的激愤；托尔斯泰认为只有自己的《战争与和平》够格与荷马比肩。”①

这样的赦事诛意、深文周纳的批评，简直令人惊骇！这哪像一个大学教授说的话？哈罗德·布鲁姆完全没有看到这样一点：无论托尔斯泰对莎士比亚的评价有多么偏颇，它都是一个涉及宗教信仰、文学理念和文化差异的复杂的理论问题，而不是什么琐碎无聊的“嫉妒心”的问题。

只有狮子才能激怒狮子，而被激怒的狮子也无须自惭形秽，更不用怀疑这样一个事实，那就是，自己也是一头真正的狮子。

总之，哈罗德·布鲁姆的莎士比亚研究和批评，虽然有

① 《西方正典》，42页。

助于我们从审美的角度，发现莎剧的价值，但是，他的学术视野，显然是狭窄的，他的研究方法，则是绝对化和一元论的，缺乏多元的包容精神，带有明显的文化霸权主义色彩，客观上不利于莎士比亚的多元化发展和多样化繁荣。

无论在东方，还是在西方，他的那种傲慢的、唯我独尊的学术态度，都是有害的，都是要不得的。

只有在不设栅栏的地方，才能训练出“所向无空阔，真堪托死生”[①]的千里马；同样，只有在多元和包容的学术环境里，才能真正产生繁荣的莎学研究。

① 浦起龙：《读杜心解》下册，中华书局1961年版，336页。

论直派批评
——以杨光祖为例

一

关于文学批评，人们可以从国别、民族、时代、地域、方法、立场、学科、性别、年龄等方面，区分出五花八门的类别和流派来。然而，迄今为止，似乎还没有人从批评家的人格和德性的角度，分析并提领出“直派批评”和“谀派批评”这两个概念。

在我的理解中，文学批评首先是一种求真的活动。一个合格的批评家，要尽可能说真话，要为读者提供符合事实或接近事实的判断。这就要求批评家不仅要有良好的审美能力和思想能力，而且还要有坦率、正直、勇敢的品质和德性，否则，他就有可能知而不言，或者言不由衷，以至于以歪曲的形式来表达自己的感受和思考。也就是说，批评家一定要克服患得患失的恐惧心理，努力摆脱外部的压力和内心的怯懦，以真诚的态度和真实的表达，来陈述自己对作品的感受、认知和评价。所谓“直派批评”，就是指这种正直、坦率而又尊重事实、忠诚于自我感受的批评，就是指这种及物的、触及真问题的、敢于尖锐质疑的批评。

与“直派批评”构成尖锐对照的，是“谀派批评”（也可叫它“曲派批评”）。这是一种投其所好、唯利是图、曲学阿世的批评，是一种唯唯诺诺、闪烁其词、言不及义的批评，是一种缺乏求真热情、质疑能力和否定勇气的批评，也是一种无原则地为被批评者的“合理性”与“完美性”进行辩护的批评。

关于“谀”，许慎在《说文》中这样解释：“谀，谄也。”《庄子·渔夫》说：“不择是非而言谓之谀。”《荀子·修身》说：“以不善和人者谓之谀。”在《说苑·臣术》里，刘向则从批评者与最高统治者关系的角度，来界定“谀”的性质：“从命病君谓之谀。”如此说来，所谓“谀”者，实在是一个脏污的泥潭，一旦堕入其中，其人必沦为巧言善色的佞人，其评必沦为附意顺旨的谀评。

当然，在“直派批评”与“谀派批评”之间，还有其他样态的批评。这些批评，类别繁杂，或许可以笼统地称之为“中性批评”——从很多方面来看，这种批评中的相当一部分，都具有不温不火、不咸不淡甚至不疼不痒的“中性”特点。所谓“学院派批评”中的一小部分，拿着上书“赞赞赞”字样的投名状，入了“谀派批评”的伙，而其中的大部分，则徇徇然站到了“中性批评”的旗帜下——他们按照“核心期刊”提供的学术规范，埋下头来，一板一眼地做文章，态度算得上严谨，材料亦可谓翔实，但是，缺乏个性、趣味和见解，使人读之，昏昏然欲睡。

那么，“直”到底是一个什么样的概念？它有着什么样的文化内涵和道德意味？为什么“直派批评”的处境总是那么艰难呢？

中国自古就崇尚直言。即使在抒情性的诗歌中，直言无隐的尖锐批评，也是常见的事情。顾炎武说：“诗之为教，虽主于温柔敦厚，然亦有直斥其人而不讳者。”（《日知录》卷十九）而唐代诗歌的繁荣，则与时代的宽容和诗人的亢直，有着很大的关系，就像宋人洪迈所说的那样：“唐人歌诗，其于先世及当时事，直辞咏寄，略无避讳。至宫禁嬖昵，非外间所应知者，皆反复极言，而上之人亦不以为罪。”（《容斋续笔卷第二·唐诗无避讳》）而从历史批评和政治批评的角度看，直斥而不讳的传统，虽然屡遭压制和摧锄，但也压而不垮，摧而不毁，绳绳相继，至今未艾。司马迁应该算是第一个纯粹意义上的“直派批评家”——班固说他“其言直”，实在是一个很切实的判断。

在中国的道德哲学中，“直”是一个非常重要的范畴。它基于诚和信，是一个与正和义相近的概念。一个以直为原则的人，就是将诚信和道义看得很重的人，就是所谓的“直人”。《管子·心术上》里说：“大道可安而不可说，直人之言，不义不顾，不出于口，不见于色，四海之人，又孰知其则。”孔子说：“自古皆有死，民无信不立。”其实，那后一句，也可以改为“民无直不立”。直与枉相对。枉即邪曲，是一种很坏的德性。孔子曾多次论及“直枉”问题。在他看来，直不仅是一种美好的德性，而且还会带来积极的效果：“人之生也直，枉之生也幸而免。”（《论语·雍也》）他赞赏卫国大夫史鱼在政治上所表现出来的直的德行，“直哉史鱼！邦有道，如矢；邦无道，如矢。”（《论语·卫灵公》）他相信“直”的道德感化力和社会影响力：“举直错诸枉，能使枉者直”（《论语·颜渊》），同时，也只有“举直错诸枉，则民服”（《论语·为政》）。孔子在《论语·卫灵公》中说：“吾之于人也，谁毁谁誉？如有所誉者，其有所试矣。斯民也！三代之所以直道而行也。”在他看来，在自己的时代，能“直道而行”的人，并不是很多。

事实上，在任何一个时代，行直道和做直人，都是很艰难的事情。古人不云乎："直如弦，死道边；曲如钩，反封侯。"《后汉书·黄琼传》里说："峣峣者易缺，皦皦者易污。"刘知几在《史通·直书》中也说："夫人秉五常，士兼百行，邪正有别，曲直不同。若邪曲者，人之所贱，而小人之道也；正直者，人之所贵，而君子之德也。"他提出了"直书"与"曲笔"两个概念。从责任伦理的角度讲，无论什么人的恶德和劣迹，历史学家都要以"直书"的方式，照直写下来。然而，在有的时候，"直书"实在是很危险的："夫为于可为之时则从，为于不可为之时则凶。"所谓"可为之时"，就是遇到了仁君当政的时代，说话比较自由，"能成其良直，擅名今古"，又不至于被杀头；所谓"不可为之时"，就是生活在暴君当政的时代，以言获罪，动辄得咎，"或身膏斧钺，取笑当时；或书填坑窖，无闻后代"，这就很悲惨了。不幸的是，几千年来，正直的史学家和批评家所遭遇到的，大都是很触霉头的时代，而"身膏斧钺，取笑当时"，也就成了他们难逃的劫数。尽管如此，刘知几还是赞美这种直书的精神："盖烈士徇名，壮夫重气，宁为兰摧玉折，不作瓦砾长存。"在他看来，仗义直书、不避强御、肆情奋笔、无所阿容，这虽然会给自己带来麻烦甚至灾祸，但却是值得赞美的伟大精神和不朽功德，所谓"虽周身之防有所不足，而遗芳余烈，人到于今称之"。

那么，有没有一种既可以说自己想说的话，又不至于掉脑袋的一举两全的好办法呢？“古来唯闻以直笔见诛，不闻以曲笔获罪”（《史通·曲笔》），于是，一些聪明的人，便发明出了“曲笔”的书写策略。本来，刘知几讨厌一切首鼠两端的滑头做派，毫不宽假地反对一切任性而不诚实的书写方式，用他自己的话说，就是“用舍由乎臆说，威福行乎笔端，斯乃作者之丑行，人伦所同疾也”。但是，他也理解人们用“曲笔”的无奈和苦衷，所以，在《史通·曲笔》里，他就站到君臣父子的立场，替“曲笔”做起了辩护：“肇有人伦，是称家国。父父子子，君君臣臣，亲疏既辨，等差有别。盖‘子为父隐，直在其中’，《论语》之顺也；略外别内，掩恶扬善，《春秋》之义也。”由于有“亲疏”和“贵贱”之别，所以，“史氏有事涉君亲，必言多隐讳，虽直道不足，而名教存焉”。刘知几的这些观点，其来有自，显然是对孔子的“父为子隐，子为父隐，直在其中”的引申和发挥。

从现代法律的角度看，孔子的父子互隐之说，是既合乎情理，也合乎法理的。但是，从社会批评和文学批评的角度看，为所谓“等差有别”的“隐”作辩护，就是一件很不合理且非常危险的事情，因为，它这是为历史学家和批评家的撒谎和作假，找了一个冠冕堂皇的借口，找了一条心安理得的退路。事实上，无论对历史叙事来讲，还是对文学批评来说，除了修辞性的“曲笔”，任何着眼于权力和身份的伦理性质的“曲笔”，任何以“善良动机”为说辞的“曲笔”和“谀言”——所谓“曲笔阿时”，所谓“谀言媚主”——都是不允许的，都是可耻的。

客观上讲，“直”虽然是一种美好的德性和重要的价值，会带来正确的认知和良好的道德效果，但是，它又意味着否定和冒犯，会给批评者带来很大的麻烦，使他成为众矢之的甚至“人民公敌”，人人必欲杀之而后快。嵇康在《与山巨源绝交书》中说：“吾直性狭中，多所不堪，偶与足下相知耳。”一个“不堪”，一个“偶与”，就足以说明“直性”会给自己带来多大的麻烦，多么难以为人所理解和接受。谁若立志行直道而说真话，谁就难免要与一些人发生利益上的冲突，甚至要与“恶直丑正”的不良社会风气发生冲突。这无疑是一件很考验人的勇气和承受力的事情。正因为这样，清人包世臣才在《答萧牧生书》中感叹说：“直道不行久矣”[1]；赵翼才在谈 “《宋书》书法”的时候说：“《宋书》书法，全多回护忌讳而少直笔也。”（《陔余丛考》卷六）

事实上，直到今天，古人所说的“全多回护忌讳而少直笔”，也是极为常见的事情。就文学批评方面来看，情况似乎更加严重——很多时候，它已经不再是一种独立而高贵的文化行为，而是沦为缺乏自由精神和尊严感的“谀评”，甚至沦为

① 刘平、郑大华编：《中国近代思想家文库·包世臣卷》，中国人民大学出版社2013年版，468页。

一种纯粹的寄生性的现象。我们的一些批评家，接受黑格尔的“存在即合理”哲学，接受他者的“社会订货”，用一套永远不变的话语模式——诸如“高峰”“巅峰”“杰作”“奇书”“极品”“经典”“完美”“辉煌”“天才”“震撼”甚至“地震”等——来赞美一部并不成熟甚至完全失败的作品。这种批评的根本特点就是“谀”和“谄”，就是“不诚实”和“不坦率”，就是缺乏对事实的尊重和对真理的敬畏。那些“谀派批评”应该清醒地认识到这样一点：任何为了某种外在的目的而故意歪曲事实的判断和表达，都是对批评的道德原则的背叛，都是不负责任的失职行为。

当然，我们也有一些为数不多的“直派批评家”。杨光祖就是这不多的批评家中的一个。最新出版的批评文集《杨光祖集》（甘肃人民出版社，二〇一五年），就很集中地彰显着作者的个性、才华、文学理念和批评风格。三代以下无完人，崤函以西少批评，在西部的屈指可数的几个“直言派”批评家中，杨光祖无疑是特立秀出的佼佼者。

二

从批评伦理的角度看，杨光祖的批评具有正直、坦率和诚实的品质。张中晓说：“从诚实良心等等道德角度看，道德的确是行为——不仅是行为而且是思想、学问等等精神工作的中心。日常生活中的虚伪，在精神工作中就流为欺骗，流为说谎，流为把真理当商品等等。”[①]这样的观点，肯定会得到杨光祖的认同，因为，他也强调“精神工作”的道德感，反对欺骗、说谎和“把真理当商品”。在自己的文章中，他多次引用过孔子的一句话——“吾谁欺？欺天欤？”他还曾写过一篇近乎宣言书的文章——《文学批评要讲真话》。

在这篇文章里，他提出了文学批评的“底线伦理”这一概念，认为“文学批评家的天职就是说真话。求真务实应该是批评家言说的基本职业道德，或者更准确地说，是职业底线”[②]。他尖锐地表达了对当代文学批评的失望和不满：他批评现在的批评家“缺乏独立品格”，“突破底线，丧失了批评的基本伦理诉求，因为一些文学之外的因素而不敢说真话”；“有些学者大喊当代中国文学到了前所未有的高度，有些学者批评我们对当代文学有太多的偏见；可翻遍他们的文字，只有判断，而没有论证。有的学者对一部刚出版的小说，就大肆吹捧，捧到了经典的程度。但是阅读他们的文章，却缺乏基本的证据和推理。他们只是大言欺人！”[③]还有不少“对文学没有丝毫兴趣，更缺乏文学感悟力、鉴赏力的所

---

① 张中晓遗著：《无梦楼随笔》，路莘整理，上海远东出版社2011年版，11页。

② 杨光祖：《杨光祖集》，甘肃人民出版社2015年版，252页。

③ 《杨光祖集》，251页。

谓文学批评家。他们落后的文学观、陈旧的知识、迟钝的文学感觉，及其对生活鲜活感受力的缺乏，都是导致文学批评急剧下滑的原因所在。文学本身的复义性、多元性、没有准确结论性，无形中在增加挑战性、冒险性的同时，也降低了文学批评的门槛，出现了一批滥竽充数的所谓批评家。”[①]对杨光祖来讲，独立和尊严、诚实和正直乃是批评应该遵守的首要原则。“正直”甚至就是他评价作家和作品的一个稳定尺度，例如，他批评贾平凹的写作缺乏正气，“一种不正的东西被释放出来了”[②]；在《废都》里，“庄之蝶玩弄女性，而作家玩弄读者”[③]；贾平凹身上有一股邪气，“正是这种邪气成就了《废都》，但也让他丧失成为文学大师的可能”。[④]

同样，“真诚”也是他评价作家和作品的重要尺度。他引《中庸》里的话说：“诚者，天之道也；诚之者，人之道也。……自诚明，谓之性；自明诚，谓之教。诚则明矣，明则诚矣。唯天下至诚，为能尽其性；能尽其性，则能尽人之性；能尽人之性，则能尽物之性；能尽物之性，则可以赞天地之化育；可以赞天地之化育，则可以与天地参矣。”杨光祖认

① 《杨光祖集》，253页。
② 《杨光祖集》，173—174页。
③ 《杨光祖集》，174页。
④ 《杨光祖集》，177页。

为，这段话“说道尽艺术之奥秘”[①]。他用这段话来说明文学批评的标准，并以它为“准的”。正是以“诚”的尺度为参照，他发现了莫言的《蛙》和贾平凹的《带灯》在叙述方式和细节描写上的做作、虚假和无聊。在《〈带灯〉：修辞并不只是一个简单的技巧问题》一文中，他尖锐地指出贾平凹的小说普遍缺乏情怀、意义和真实感，普遍存在趣味上的败坏等等问题：“没有大情怀，没有大学问，没有大思想，而偏要‘著作等身’，于是就只有组装了。贾平凹的小说里就那几味东西，后期最多的就是‘梦游’，《白夜》就开始了，《带灯》里也用上了。吹埙，动不动就流泪；一个一个疯子（白痴），都是贾氏的典型标志。没有任何铺垫，随意乱写，也是贾氏特色。还有那些肮脏的东西，尿、屎，他后期的小说里比比皆是，太脏，不说了……《带灯》里的虱子，从头到尾，铺天盖地，就是没有任何意义，无论是象征意义，还是别的意义。只感觉到一种恶心。我们读马尔克斯，读鲁尔福，他们的魔幻里有情感，有思想，有不平，有反抗。而贾平凹的魔幻里多的是肮脏、萎靡、恶俗、无聊。”[②]由于坚守正道和直道，所以，在杨光祖的批评文章中，你就很少看见言不由衷的夸赞、不着边际的妄断和投其所好的逢迎。在他的批评文字里，你可以清晰地看见作者自己的真诚态度和坦率性格。

---

① 《杨光祖集》，83页。

② 《杨光祖集》，231页。

真诚意味着发现问题和直面问题。在一个乱象纷呈的转型时代，批评家的首要任务，就是拿出眼光和勇气，敏锐地发现问题，坦率地指出问题，深刻地分析问题，从而对自己时代文学的成长和成熟，提供积极的“支援意识”。杨光祖就敏锐地发现了一些容易被人们忽略的严重问题。

他发现那些追求“纯文学”的作家和批评家，常常将“技巧”和“形式”当做一种自足的价值来追求，而忽略了那些更为本质的东西。

中国当代作家大都是“纯文学”拜物教的信徒。在他们看来，“纯文学”就是“技巧”高超的文学。在杨光祖看来，我们的作家书并没有搞清楚这样一个道理：技巧之上是“艺术”，而“艺术”之上，则是更为复杂和博大的生命世界和精神世界。杨光祖将“形式”和“精神”联系起来考察，将前者视为后者的映射和外化。因而，在他看来，所谓技巧就不是“技术”，而是一种艺术，而且，还是一种与生命体验和精神活动密切关联的创造性的艺术。因为不懂得这个道理，当代作家便一味技术化地玩弄技巧和形式：“当代中国文学的衰落，就是作家形式感的缺失。我们猛一看当代文学，作家似乎都在那里疯狂地进行形式的实验，五光十色的，但仔细一看，他们只是为形式而形式，并不是出于生命的需要，并不是出于作品的需要，更没有灵魂的突围和挣扎。”[1]没有自己的生命律动，没有自己的痛苦和对爱的渴望，只有将文学当做“工具”的“生产”，这种“没有生命的文学不是文学，是技术产品”[2]。

在当代的战争文学和军事文学里，杨光祖也发现了同样严重的残缺和问题。

战争是人类生活中最为悲惨的灾难，也是文学叙事的重要主题和题材。关于战争的想象和叙事，严峻地考验着一个时代的文学，考验着作家在追求人道主义精神、洞察人性、创造道德诗意等方面的能力。然而，在中国的汗牛充栋的战争题材和军事题材作品中，却很少看到真正伟大的作品。这是为什么呢？杨光祖尖锐地提出了这个问题，并且给出了自己的分析和结论。他发现，中国的作家常常陶醉于对暴力——包括战争暴力和性暴力——的渲染，而不是深入地对它进行反思和批判。他点名批评了莫言、红柯、贾平凹、杨争光、孙皓辉、姜戎等人的暴力叙事，并且发出了这样的质疑：“红柯肆无忌惮地张扬这种血腥的暴力文化，我们的批评界为什么一片叫好之声？我们的作家为什么对土匪这样情有独钟？这里还包括如莫言《檀香刑》、杨争光的土匪小说、《狼图腾》等。……有时我们很难理解，为什么我

① 《杨光祖集》，31页。
② 《杨光祖集》，34页。

们最优秀的当代作家却把自己的理想、信仰、情感都寄托在那些杀人如麻的土匪身上？这里除了迎合读者的低级趣味之外，与作家的自身素质有否关联？一个没有现代理念的作家，他能写出什么好小说吗？”[①]他的结论是，这些渲染暴力的作家缺乏“人类情结”和“人文关怀”。他援引了英国女学者安娜·伯克在《面对面的杀戮》一书中反思“英雄主义”和“杀戮”的观点，并结合巴别尔和徐光耀的积极经验，提出了这样的主张：战争文学应该站在人道主义高度，尊重生命超越和“二元对立的低层次”，并以反思的精神和批判的态度来叙述暴力。

恶俗是当代文学叙事中极为常见的严重问题，也是杨光祖特别着力解剖的一个文学病象；在批评这一现象的时候，他的正直和坦率，他的学识和才华，都表现得可圈可点，令人无法不击节称赏。

长期以来，由于很多批评家无原则的赞赏和辩护，由于市场的接纳和鼓励，甚至，由于文学体制的纵容和奖赏，文学中的那些可怕的恶俗，获得了极大的“合法性”空间。这就造成了这样一种严重的后果：那些获得声望资源和市场认同的作家，继续肆无忌惮地以粗俗方式写作，而读者对这种羞辱自己尊严和智商的粗俗，也见怪不怪，习以为常。

在一部恶俗的作品后面，不仅站着一个“著名作家”，

---

① 《杨光祖集》，56页。

同时还站着许多“著名批评家”。谁如果想批评恶俗，想对《废都》《上海宝贝》《我爱美元》《檀香刑》《抓痒》《风雅颂》《兄弟》这样的恶俗作品宣战，那么，谁就等于要同时冒犯恶俗的作家与赞赏恶俗的批评家，甚至还得冒犯一部分已经习惯了恶俗的读者。

然而，杨光祖偏偏就有这样的正直和勇气。他常常“敲明叫响”地向那些“著名作家”发难，向那些名头很大的“学院派”学者和批评家发难，对他们进行尖锐的质疑和驳诘。他这种难得的“直派批评”风格，成功地体现在对余华的《兄弟》的解剖上以及关于它的“批评”的批评上。《〈兄弟〉的恶俗与学院派的症候》一文，就彰明较著地体现着他作为“直派批评家”的价值原则和个性风貌。

三

《〈兄弟〉的恶俗与学院派的症候》事关余华，所以，先就余华说几句。

余华是一个严重依赖西方的现代主义经验进行写作的“先锋作家”。二三十年来，他的写作虽有一定的变化，但是，万变不离其宗，摆不脱对法国的“新小说”等现代主义小说的“路径依赖”，始终没有太大的超越和进步。他那将人等同于物的“机器人”写作模式，从一开始就缺乏真实的品质和朴实的风格，就存在缺乏意义深度的问题和过度渲染暴力和性的粗俗倾向。他的长篇小说《许三观卖血记》就是一部粗俗而虚假的作品，而他的《兄弟》则后来居上，在虚假和粗俗方面，简直到了登峰造极程度。然而，在中国，从北方到南方，从东部到西部，都有为数甚夥的“学院派”批评家为《兄弟》叫好，替它辩护，甚至将它哄抬到“世界名著”的高度。

在几乎每一个中国当代“著名作家”的背后，有一个阵容庞大的手持鲜花的阐释者群体。所以，批评一部“著名作家”的作品，就意味着同时在回应那些关于它的评论，在与那些对这部作品发表过意见的学者和批评家，展开潜在或直接的对话。在二〇〇六年十一月三十日复旦大学主办的《兄弟》研讨会上，包括陈思和教授在内的一群批评家，都一致高度评价这部作品。杨光祖坦率而尖锐地批评《兄弟》，无异于两面出击，将自己置于腹背受“敌”的境地。然而，他似乎没有太多的恐惧和犹疑。他只对真相和事实感兴趣。他想弄清楚这样一些问题：他们在说什么？是如何说的？是否有理有据？是否合乎文本的事实和生活的逻辑？

在《〈兄弟〉的恶俗与学院派的症候》里，杨光祖一开始就引用了陈思和先生的替整个研讨会定调的观点：“我们希望余华的《兄弟》进入文学史，进入学院”；“我应该毫不掩饰地说《兄弟》是一部好作品。这部好作品首先是它对当代社会、这个时代作了非常准确的把握”；“我觉得余华从‘先锋’到《活着》和《许三观卖血记》，是迈了一大步，从一个完全西方化的先锋作家走向了中国民间社会，我觉得这是一个典范”。杨光祖明确指出，这是一些“很离谱”的话，与作品的实际状况完全不相符合。

从方法论的角度看，陈思和先生犯了“语境错置”和“比较失伦”的错误。他不是在中国语境中，通过细致的文本分析，来阐释《兄弟》，而是错位性地将它置放到了关联性并不强的“西方”语境中，强行地进行“非对称性比较”，具体地说，就是将《兄弟》与拉伯雷的《巨人传》相提并论，并用“狂欢化”“民间传统”等理论来解读，为它极尽渲染之能事的粗俗描写，曲为辩解，进而根据巴赫金的理论，将《兄弟》界定为“怪诞的现实主义”。

受陈思和的影响，他的同事栾梅健，也骎骎乎恐作后尘，将《兄弟》与五百年前的法国小说《巨人传》，将两个完全不一样的文本生拉硬拽地扯到一起，并且得出了与陈思和完全一样的结论：“几乎同样的情况在近五百年后的中国发生了。如果说拉伯雷《巨人传》中的众多荒诞不经乃至不可思议的描写，表现了作者对没落的封建制度与宗教迷信的冲击与嘲笑，显示出新型的人文主义思潮与萌动，那么我们是否也可以这样理解，《兄弟》中对李光头这样‘庸俗的’‘满身铜臭的’暴发户的描写，正是余华对当下社会某一侧面的准确描摹，有着强烈的震撼力与穿透力。”读了如此这般的“学院派”评论，杨光祖说："我真的有点不相信自己的眼睛。一部作品刚面世，就将它与世界文学史上的名著相提并论，这种态度不说不严肃吧，也是有点太随意。更何况《兄弟》真的可以与《巨人传》并论吗？真的是怪诞现实主义吗？我们不妨简单地对比、论述一下。这里需要的只是常识，根本用不着多高深的学问和理论。"①随后，杨光祖便通过细致的文本对照，在切实的比较语境中，分析了《兄弟》与《巨人传》之间的不同，揭示了它们之间天差地远的距离。《巨人传》充满了人文主义的批判精神，高扬着人性解放和精神自由的旗帜，揭示了被扭曲和异化的人，如何最终成为一个精神获得解放的"巨人"。"我们再来看余华的《兄弟》，哪里有一点这些东西？他的小说中不但没有人文主义精神，而且从骨子可以看出他就反对这些东西。从他的《兄弟》里我们看出了'我是流氓我怕谁'，看出了对文化的仇视，对流氓的礼赞，根本没有一丝对真善美的向往。"②杨光祖的批评虽然尖锐，但是，他基于文本细读的分析和判断是可靠的，是符合两部作品的实际情况的。

显然，从意义世界的角度看，余华小说的最大问题，就出在审美趣味和价值取向上。他肆无忌惮地描写粗俗，渲染暴力。杨光祖明确而直接地表达了自己对这些问题的看法，并反驳了陈思和等人的曲意回护："就我的个人阅读体验来

① 《杨光祖集》，64页。
② 《杨光祖集》，67页。

说，《兄弟》的叙事风格是严重失败的，价值趋向是扭曲的变态的。它的风格，我认为准确地说，应该是恶俗。按照美国文化批评家保罗·福赛尔《恶俗》里对‘恶俗’的定义：恶俗是指某种粗陋、毫无智慧、没有才气、空洞而令人厌恶的东西。恶俗就是将本来糟糕的东西装扮成优雅、精致、富于品味、有价值和符合时尚。可我们尊敬的批评家却把它当成了纯正、高雅、明智或者迷人的东西。我感觉陈先生将拉伯雷的‘民间’狭义化了，或者改造了，他只看见了‘民间’的粗鄙、粗糙，而没有看到人家的‘民间’里还有自由、解放与新生。我们阅读《巨人传》，会强烈地‘感觉到自己属于人民大众的那种历史的大无畏精神和生生不息’，能‘感到自己是主人——而且绝对是主人（在狂欢节上既没有客人，也没有观众，人人都参与，人人是主人）’。”[①]杨光祖对余华作品问题的判断是准确的，对问题的分析也是透彻的。他的批评既有助于我们认识“先锋文学”的内在残缺，也有助于我们反思“学院派”批评所存在的问题。

在中国的批评家中，有相当一部分人来自高校，是所谓的“学院派”。他们很善于建构“体系”和进行“命名”。形式上看，他们的评论文章写得滴水不漏，征引宏富，材料翔实，给人一种非常学术、不容置疑的权威感。但是，他们的立

① 《杨光祖集》，65页。

论和判断，与作品的实际情形，往往圆凿方枘，互不接榫。在解读《兄弟》的时候，杨光祖就通过细致的阅读和研究，发现了“学院派”批评普遍存在的问题：“为了写这篇文章，我把陈思和先生的《我对〈兄弟〉的解读》认真读了几遍，真的比读《兄弟》还叫人难受。我们说得平和一点，陈先生的解读是一种夸张的过度阐释；说得尖锐一点，是与作品没有什么关系的自说自话。这是当下文学批评的一个非常突出的现象，也是一九九〇年代以来文学批评学院化后的一种痼疾，而且已经严重地侵蚀了正常的文学批评。”[①]杨光祖还从“学术评价体系”的角度，批隙导窾，一针见血地分析了引致“学院派”痼疾的原因：“学院派批评的致命症结除了丧失批评底线伦理之外，更在理论过剩，或者准确地说伪理论、假理论太多。当然，这与当前大学实行的一套学术评价体系关系甚大。现在的大学都有一套严密的技术化学术评估标准，在这样的所谓学术标准下，许多杂志就被划到了‘学术’之外，比如一九三〇年代或一九八〇年代文学批评的主要阵地文学杂志，就无法进入大学所谓学术的范围，更不用说那些报纸了。而大学研究生的批量生产，又是文学评论表面繁荣的一大原因。学校规定研究生毕业必须在规定的学术杂志发表两篇以上的学术文章，而这些研究生的批评素养且不说他，即这个市场需求的量也是出奇

① 《杨光祖集》，68页。

之大。于是，我们的学术杂志迅速商品化，一手交钱，一手交文章，已经成了学术圈的‘显规则’。而那些大学教授、博导要申请课题，要完成课题，还有学校每年的考核标准，都要求他们在规定的学术杂志发表一定数量的文章，于是课题费开始流向学术杂志，所谓的学术文章也就一篇篇地出笼了。”[1]

“过度阐释”“自说自话”和“理论过剩”，这些，的确就是“学院派”的严重问题，也是“谀派批评”惯用的言说策略和批评套路。

四

作为批评家，杨光祖身上最可宝贵的品质，就是“直”。他清醒地与那种煞有介事而又华而不实的“学院派”批评保持距离。他在解读作品的时候，严格根据自己的具体感受和作品的具体事象，来展开分析，进行判断，绝无大而无当、言不及义的“话语空转”，也很少感染随意概括、妄下雌黄的流行病。

根据基本常识和基本经验来解读作品，是杨光祖的“直派批评”的一个基本特点。贾平凹小说的大量的“恋污癖”描写，无疑是严重畸形的文学病象，但是，陈思和先生却为之辩

① 《杨光祖集》，73页。

护，说这是作者“了解农民文化的缘故”。在杨光祖看来，这根本就是一个基于想当然的错误判断。于是，他便根据西北农村的基本经验来进行反驳：“我们知道农民说话没有那么文雅，不会引用西方文论，但他们也绝对没有余华、贾平凹所写的那么粗俗。其实中国的许多农村仍保留着许多良好的礼仪。农民的确不把粪便、尿、鼻血看成什么大不了的事，但是农民吃饭时也绝对不会把粪便、尿放在炕上，也绝对不会像《秦腔》所写的那样用石头去砸一泡屎，让它四处溅去。当小孩有了鼻血、鼻痂时，也绝对不会欣喜若狂，而是会把他们擦去。当小孩在人前放屁时，大人会严肃地批评他们，而不会认为是一件很愉快的事。农民也是爱干净，喜欢整洁的，并不像我们尊敬的作家写的那样以脏为美，以丑为美。这种对农民的丑化描写应该结束了。从这里也不难看出，生活在大上海的陈先生对西部农村真是有着许多奇怪的‘想象’，在他的眼里，那里是混乱的野蛮之乡。这种过于优越的城市心理应该变一变了。”[①]显然，在杨光祖看来，无论什么样的小说，即使说到天上去，它也不能脱离“世事”和“人情”的范围，所以，批评家就必须根据切实的生活经验和基本的人间事理，来认识和评价小说细节描写的真实性和有效性，而不是根据玄虚的理论和凭空的揣想来解决问题。

---

① 《杨光祖集》，69页。

杨光祖说："我认为一切真正的写作都是作者的自传，当然更多的是心灵自传。我们看鲁迅、托尔斯泰、卡夫卡等大师，他们的作品里都有着他们的灵魂。"[①]他于是就很注意从作品里分析和描述作者心灵生活的状况。但是，他的分析又不是冷冰冰的"临床解剖"，而是真正意义上的心灵对话。也就是说，在对作家和作品展开批评的时候，杨光祖很善于推己及人，将心比心，抱着一种体贴入微的态度。在分析张爱玲的《小团圆》以及她的"阴影"和"创伤记忆"的时候，他就入情入理地分析了她的"两面性"，分析了人心和人性的不可言状的复杂样相。同样，他对张贤亮的"冷漠""罪感意识的缺乏"和"自我中心主义"的批评虽然尖锐，近乎不留情面，但是，因为能以伟大的经验作比照，据实道来，因而显得很有人情味，也很有说服力。

杨光祖读书多，学养好，但从不卖弄知识，或者故意把文章写得云里雾里，以显示自己的博雅和高深。他坚持用清楚明白的语言，甚至近乎口语的家常话，来表达自己对作家和作品的感受和评价。例如："贾平凹《废都》《白夜》之后，就几乎没有什么好作品，《高老庄》还差强人意，《病相报告》《土门》《高兴》基本是失败之作，《秦腔》《古

---

① 杨光祖：《守候文学之门：当代文学批判》，中国社会科学出版社2007年版，64—65页。

炉》有人评价很高，也得了很多奖，惭愧得很，我真的没有看出‘伟大’来。《带灯》二〇一二年岁末买的，二〇一三年二月末才强迫自己阅读，读完上部山野，就很失望。语言倒还通达，不像《秦腔》那么艰涩，但文字没有力量，人物对话汤汤水水，读了四十页，整整一个上部，仍然没有一个人活起来，没有一句话，让人记住的。”[①]这样的语言，毫无“学院派”拿腔作调、半通不通的滞涩和乏味，使人读来，但觉亲切和可爱。

文学批评的人云亦云、鹦鹉学舌的无个性化，一直就是个大问题。有的批评家下笔洋洋洒洒，满纸烟霞，但就是听不见他自己的声口，看不见他自己的身影。他被那些高深的“理论”给淹没了，被作家和他的作品给压垮了。然而，杨光祖的批评却与之不同，属于处处有我的个性化批评。他运情入文，始终在说自己的话，阐述自己的感受和认识。在他的文字里，总能感到他作为“我”的个性化存在，总是能感受到一种沛沛然的激情和正气。他在《形式与文学的生长》中说，“文学形式最本质的意义，就是对生命本体的观照”，然后，他立即现身说法，根据自己的体验，对这一判断做了具体的说明：“二〇〇八年十一月十二日车过董志塬，满眼苍黄，一望无际，司机忽然打开秦腔CD，时高亢，时低回，或

① 《杨光祖集》，229页。

壮怀激烈，或柔情似水，正与这山川契合。这真是一种生命的歌哭。那一刻，我内心里一阵感动，泪水都涌上来了。而在甘肃甘南，车行草原，雪山，白云，绿草，只有藏歌最适合那片土地。试想在杭州西湖吼秦腔，会是什么感觉？身处田田荷叶里，只有越剧、昆曲，从生命深处流出，欲唱秦腔口难开，因为根本没有那种生命的冲动。”[①]这样的文字，是有温度的，有感染力的，是能够引发读者共鸣的。在一篇理论性的文章中读到这样的句子，就像在无边的沙漠里看见绿洲一样，就像在寒冷的冬夜里看见篝火一样，是会让人特别欣悦的一件事情。在我看来，真正的文学批评，应该充满绿色的生机，应该散发出火的光热。这就意味着文学批评也是一种挑战人的才华和创造力的文体，而好的批评家其实也应该是一个好的作家。所以，将批评文章写得枯燥乏味就是严重的失职，其“罪错”一点儿也不比判断失误和识见浅薄为轻。

在精神上，杨光祖的文章体现出的是“直派批评”的风骨，但是，在文情笔意上，他的文字也不失妩媚和可爱。很多时候，我们从杨光祖的批评文章里，看到了散文的潇洒风致。“刚健含婀娜”，用苏轼《次韵子由论书》里的这句话，来描述杨光祖的批评风格，大体上也是合适的。

---

① 《杨光祖集》，25页。

为倾斜的文学建筑换梁和接榫

——论王鹏程的文学研究和文学批评

在年近不惑的中国青年文学批评家中，王鹏程教授的批评风格雅正而亲切，端肃而活泼，锋芒中蕴蓄着卓见，坦率里包含着温厚，穆然有若清风，矫然自成一家。放在全国文学批评的视野来看，他是一个不容忽视的存在；对文学批评素来不十分发达的西北地区来讲，他的存在显得尤其重要。假如没有他，陕西当下文学批评的话语空间，会缩小很多。最近十多年来，陕西还不曾出现过像他这样一个成绩不俗、堪寄厚望的批评家。

王鹏程的文学批评，异军突起，起步很高，一开始就显示出高尚其事的认真态度和勇敢精神，表现出一个纯粹的批评家才有的自觉意识和良好修养。他绝不罔顾事实，说自欺欺人的昏话；很少故作高深，说一通貌似渊雅的废话；也很少投其所好，说一大堆阿意顺旨的谀词。不仅如此，他还有一股敢于冒犯权威和挑战陋习的勇气，即使惹得那些创作界和学术界的大佬们无名火起，恼羞成怒，他也无所畏避。

王鹏程心仪的是鲁迅和李健吾这样的真正的批评家，认同的是文学批评上的“析骨还父，析肉还母”的“真精神”。他对当下的文学批评非常失望，极度不满。在一篇批评《秦腔》及其评论的文章中，他毫不宽假地表达了自己的困惑和失望：“自从《秦腔》问世以来，大大小小的讨论会令人目不暇接。如果说，整齐划一、没有切入脊髓的肯定和好评，让我惊诧于众多聪明人思维惊人的一致，那么，软骨的文学批评和浅薄的文学掮客，则让我深刻理解了‘世界上没有什么事比恭维更容易’的格言，让我更进一步地认识了批评精神的堕落已经到了多么严重的程度。”[①]这样的批评里，“很难找到几篇辨出‘好中之坏，坏中之好’的文章，要找‘若哪吒太子，析骨还父，析肉还母’的文章就更是奢望了”。[②]

王鹏程认同鲁迅《我们要批评家》的观点，并这样引申

---

① 王鹏程：《由〈秦腔〉获“红楼梦奖”看当下批评的混乱和危机》，《当代文坛》2007年第1期。

② 见《由〈秦腔〉获“红楼梦奖”看当下批评的混乱和危机》。

道："我们迫切需要一群勇敢、独立的批评家，像光脊梁作战的典韦一样，不避箭矢，来同败坏的风气作战，如此，才有可能拯救陷入混乱和危机的中国当代文学批评。"[①]王鹏程勇敢地实践着自己的主张。他的批评具有理性而独立的精神，表现出与"败坏的风气"作战的决绝态度。在当下的中国，他属于比较少见的、真正意义上的文学批评家。

一、开阔的视野与北方的态度

如果说，文学叙事覆盖了人类生活的几乎所有方面，那么，文学研究和批评也应该最大限度地拓宽自己的文化视野与精神边界，赋予自己的批评以辽阔而广博的性质。看看别林斯基多么博学，文学、哲学、历史、宗教和政治学，他都有兴趣，也都有很深的造诣。看看现代的文学批评家，几乎个个都是可以在各个文学领域驰骤的龙骑兵。鲁迅、闻一多、朱光潜、李长之、李健吾、常风、宗白华，几乎个个都学贯中西，通晓古今。李长之先生对司马迁、李白和鲁迅的研究，都是上等的学术成就，使人至今读来，犹觉惊艳和宾服。

然而，中国当前文学研究的一大危机，就是学术区划太过细碎和封闭，学者和批评家的视野太过狭窄，——有的学者

---

① 见《由〈秦腔〉获"红楼梦奖"看当下批评的混乱和危机》。

一生只研究一个时期的文学，甚至只研究一个作家、一部作品或一个现象。搞当代文学的，对现代文学缺乏了解和研究，对古典文学和外国文学，更是藐藐然知之甚少。这样的研究和批评，注定成不了大气候，搞不出大名堂。

王鹏程在文学批评上的一大特点，就是视野开阔，涉猎甚广。就时代和国别看，他对古今中外的文学现象，皆有涉猎和研究，对俄罗斯文学的理解尤其深刻；就文体看，他虽然以小说研究为主体，但对古典诗词的发微和考释，皆大有可观；就学术范围看，他固然擅长细致的文本分析和版本学考察，但是，却从不满足于做一个在文本内部狂欢的形式主义者，而是试图从更广阔的视野里来考察文学，从一切具有相关性的方面来研究那些影响文学的因素，例如，他特别注意从历史尤其是思想史的角度来理解文学，也注意到了文学出版与文学批评的微妙关系。

二〇一四年，王鹏程在《小说评论》开了一个专栏，从“自由”“反叛精神”“真实与虚构”“情欲书写”“道德态度”和“边缘意识”等角度讨论了“小说的精神空间”问题。这六篇专栏文章所涉及的，都是与小说写作密切相关的重要问题，所显示出的知识视野与思想空间，则极为开阔。

王鹏程在《马尔克斯的忧伤——小说精神与中国气象》（三联书店，二〇一八年五月版）一书的序言中说：“文坛充满喧哗与骚动，文学成为一个充满世俗意义和世俗价值的名利场。文学丧失了语言、修辞、想象和精神上的自律性，无法处理现实的纷乱颓败，也无法提供心灵的安妥，更遑论奔向丰富、深沉以及多样世界的承诺。我们没有能力给现实和存在赋予‘意义’。这种‘意义’，正是文学存在的必要。这种‘意义’，在鲁迅、老舍、沈从文、张爱玲、汪曾祺等那里，也曾昙花一现。而前辈们无法同化的、气象迥异的陌生性以及生机勃发的创造性，在当下文学里，却气若游丝或尚付阙如。我们不缺乏‘写法’，却无法彰显出‘意义’。我们更多的时候是在‘写法’的大海里魏陵失步，丧失了把握‘意义’的能力和机会。”显然，“意义”是王鹏程特别关注的问题。只有学术视野开阔的人，才能摆脱对文学上的形式主义和唯美主义的迷恋，才能看到“意义”和“精神”对文学写作与文学研究的意义。

文学是一种复杂的精神形象，是一种自由的精神创造。若无自由，即无文学，因为，没有自由，就没有个性，就没有真实，就没有批判，就失去了文学意义形成和价值生成的前提条件。文学的精神力量和内在价值，首先体现在对自由的热情态度上，表现在追求和捍卫自由的勇敢精神上。正因为这样，王鹏程才在自己的专栏里，一开始就来探讨“自由”问题。他的《朝向“托尔斯泰的景象”——论小说对自由的召唤》，写得情绪饱满，跌宕有致，态度严肃，却并不沉闷，引文丰富，但不显堆垛，实在是一篇难得的好文章。

在王鹏程看来，小说是一种生活方式，具体地说，是一种自由的生活方式。它的本质就是自由："要将小说当成生活方式，必须享有心灵的绝对自由，如果内心真正达到了这种境地，那么任何有形无形的压迫都不会使小说家作出退让，他们只会依照自由的灵魂的召唤去写作。也正是小说的这种特殊的禀性，才使得小说充满了魔力，成为人们反抗现实、构建诗意、抚慰心灵的一种最吸引人的文体。"[①]所谓"托尔斯泰的风景"，就是"给人物灵魂以自由和诗意"[②]。他通过对卡夫卡、托尔斯泰、昆德拉、契诃夫和德国作家维冯波伦茨的观点或作品的分析，揭示了伟大的小说家追求自由的精神，揭示了他们在小说中召唤自由的伦理自觉：这些伟大的小说家善于通过细节，给种种人生场景，包括"惨烈的场面"，"投上了爱、自由和诗意的光束"[③]。总之，正像他在文章结尾部分曲终奏雅时所概括的那样："小说的职责，就是在精神的维度上维护人的自由、尊严，表达生活的温暖和诗意。"[④]

他之所以重温伟大的小说家追求和表现自由的经验，之所以提出"小说如何召唤自由"的问题，是因为我们的当代文学几乎完全丧失了对自由的向往和焦虑。为什么会这样

---

① 王鹏程《朝向"托尔斯泰的景象"——论小说对自由的召唤》，《小说评论》2014年第1期。

② 见《朝向"托尔斯泰的景象"——论小说对自由的召唤》。

③ 见《朝向"托尔斯泰的景象"——论小说对自由的召唤》。

④ 见《朝向"托尔斯泰的景象"——论小说对自由的召唤》。

呢？王鹏程给出的答案是：“究其原因，就是我们的小说家很少完成精神上的现代化，能够抵达精神自由的境地。他们并未体验到自由、获得内在的自由，因而也很少或者很难给人物以自由。我们的小说家眼里的自由和诗意，不是安安静静地活着、消消停停地写作，就是想写什么就写什么、想怎么写就怎么写。小说家的主体性和自律性是同步共生的，小说的自由既不是原原本本地将生活中丑陋肮脏的一面原汁原味呈现给读者，也不是顺从市场的需求，炮制精神上缺少含量的庸俗之作。”[①]显然，自由不是一种消极的体验，不是一种下行的心灵活动。对于小说写作来讲，世界上从来就不存在轻轻松松的自由，因为，文学所面对的，就是人的不自由状况，就是人的绝望和苦难——就此而言，所谓写作，无非意味着承受沉重的压力、巨大的挑战和痛苦的抉择。

就文学写作来看，“自由”一事，有最低标准和最高标准之分，有消极标准和积极标准之别。在王鹏程看来，我们时代的小说家首先要让自己的写作达到最低标准的要求：摆脱自然主义和动物主义的叙事冲动，要将自己的写作向上提高到人性的境界：“作家当然要忠于自己的心灵，但不能无限夸大人的动物性，不能置人类最基本的道德、伦理和规范于不顾，最起码不能抱有欣赏赞同的态度，不能将人的动物

① 见《朝向“托尔斯泰的景象”——论小说对自由的召唤》。

性的一面毫无遮掩的表现出来，这正如每个人没必要也没意义要将自己每天的排泄告诉别人。可在我们的文学作品中，这样的例子屡见不鲜。同时，小说写作也不能置人类最基本的道德不顾。”[①]这样的批评具有明显的针对性。我们从王鹏程对当代小说文本的解剖过程中，可以清楚地看到他的希望和失望、焦虑和向往。

世界上不存在无态度的文学，也没有所谓的“零度叙事”。无论文学写作，还是文学批评，都是一种显示着态度的评价性的精神活动。正是从这一组涉及自由、反叛精神、真实性、道德态度和边缘意识等问题的专栏文章中，我们可以窥见王鹏程文学批评的伦理精神和基本态度。

以赛亚·伯林将文学批评分为两种类型：一种是注重技术的“法国态度”，将文本同作者的精神、道德和生活割裂开来；一种是注重精神和道德的“俄罗斯态度”，将人当作一个精神、道德与生活的统一体，认为作者对自己的所做所为承担着不可逃避的责任[②]。最能体现俄罗斯文学批评态度的批评家，就是伟大的别林斯基。俄罗斯态度反对任何形式的“善意而愚昧无知的批评”，就像别林斯基在《关于批评的讲话》中所说的那样：“如果我们把从事以愚昧无知和目光短浅著称的

① 见《朝向“托尔斯泰的景象”——论小说对自由的召唤》。
② 《俄国思想家》，154—158页。

好心肠的、真诚的个人批评的豪杰们称为虫豸，那么，那种从事偏颇的个人批评的勇士们，我们就只能称之为文学界的蝗虫了。在这里，这种批评家越是聪明过人，他对于尚未稳定的社会的审美力就越是危害深远；他在文学议论方面的厚颜无耻和横蛮无理是永无止境的，他可以不受制裁地侮弄公众，告诉他们说，理智是‘哄骗’人的；美德是一种有益的偏见；苏格拉底是一个狡猾的骗子……”[①]这种“蝗虫”式的批评家，在别林斯基时代，就不乏其人，在乱象丛生的转型时代，则可谓比比者皆是也，而他们的批评所造成的后果，也更加严重。

我们可以根据批评的基本精神姿态，将中国的文学批评笼统地分为这样两类：一类是“北方态度的批评”，一类是“南方态度的批评”。所谓北方态度，接近“俄罗斯态度”，是指一种坚硬、质实、亢直的批评，而所谓南方态度，则与之相反，接近“法兰西态度”，是一种柔软、精巧、婉媚的批评；就整体情形来看，在我们时代的文学批评中普遍流行的，似乎正是“法兰西态度”和“南方态度”的批评模式。当然，以南北论批评，只是一种相对的、甚至有点象征意味的概括和描述罢了，并非囿于地域，一裹而论也。因为，以人而论，南方亦偶见具“北方态度”的批评家，北方亦多有“南方态度”的批评家；就杂志来看，《南

① 《别林斯基选集》第三卷，589页。

方文坛》的锋芒和力量，就不弱于那些以“北方”或“中国”冠名的杂志嘛。

王鹏程属于典型的“俄罗斯态度”和“北方态度”的批评家。正是因为有着对自由问题的深刻思考，有着对“反叛精神”和“边缘意识”的理解，有着“回到德行的时代”的自觉，所以，王鹏程就表现出一种认真、犀利而卓特的风格特点和精神品质。薛雪对自己时代的批评风气，极为不满，自我勉励说：“后生立脚不定，无不被其所惑。吾辈定须竖起脊梁，撑开慧眼，举世誉之而不加劝，举世非之而不加沮。则魔群妖党，无所施其伎俩矣。”[①]王鹏程无疑也有这种“竖起脊梁”的勇气和“不被其所惑”的定力，否则，很难想象他能在未脱“青椒”身份之前，就敢毫不畏葸地写出如此其直如矢、扫穴犁庭的批评文章。

是的，在日常生活情境里，王鹏程谦和敛抑，温文尔雅，但是，一旦进入具体批评的语境，他的态度会陡然一变，显得极为严肃和方正，即使在批评陕西本地的“著名作家”的时候，他也毫不宽假，笔锋甚至更为犀利。他对贾平凹的《废都》《秦腔》和《带灯》等作品的批评，有若实验室的病理解剖，双目谛视，探幽察微，直至将深隐的病情和病因全

① 叶燮、薛雪、沈德潜：《原诗·一瓢诗话·说诗晬语》，人民文学出版社1979年版，106页。

部搞清楚。他无法接受那些不诚实的态度、不切实的判断和不负责任的评价。

贾平凹的《带灯》像他的其他多部长篇小说一样，缺乏深刻的意义内容，缺乏成功的人物形象，缺乏真实可信的细节描写，缺乏让人觉得亲切的生活气息，缺乏超越自己固有模式的自觉意识。虽然，我们的那些善良的、慷慨的、好脾气的学者和批评家，看它无一处不光艳美丽，无一处不妩媚可爱，但王鹏程的阅读感受，却别是一种，完全两样。关于《带灯》，他的总体印象和评价是："阅读《带灯》，也是在重温阅读《秦腔》《古炉》等的体验和判断：生活表象浮光掠影式的采撷、自然主义的细节堆积、荤素搭配的叙述策略、神神叨叨的故弄玄虚、'反人物'的自我陶醉等等，比以前的作品有过之而无不及。"[①]他还通过细节和情节描写的具体考察和分析，揭示了这部小说在具体的技巧层面存在的问题："带灯这个人物虚假、苍白、分裂，缺乏生活基础，不符合生活逻辑，让人觉得靠不住、信不过。整部小说的细节也婆婆妈妈、神神叨叨、迷恋污秽，不堪卒读。《带灯》的写法，因袭了《秦腔》《古炉》鸡零狗碎的自然主义写法，脚踩西瓜皮、溜到哪里是那里。这些细节，鸡毛蒜皮、吃喝拉撒，照单

① 王鹏程：《"被悬挂起来的人"——〈带灯〉与当前的小说写作》，《中国图书评论》2013年第12期。

全收，与其说是散文化的小说写法，不如说捕捉现实无力的一堆烂肉。可能是作者写作的时候觉得乏味，也感到读者会觉得了然无味。因而在枯燥的时候，作者便乐此不疲地用起了手机段子当然也包括黄段子，这是作者自《秦腔》以来屡试不爽的写作经验。一个严肃、认真和负责的作家，自然不会用这些庸俗不堪的段子调剂自己的乏味无力的叙述。”[①]他的语气是平静的，但内中却包含着强烈的不满；他的表达是克制的，但依然显露着足以让小说的作者惴惴然和悻悻然的锋芒。

王鹏程坚正而坦率的“俄罗斯态度”和“北方态度”，与那种让作家们觉得满意和陶醉的“南方态度”和“法兰西态度”，构成了极为鲜明的对照。我们当然更赞赏和欢迎前者。我们的时代也更需要那种态度严肃且负责任的文学批评。

二、雅正的趣味与成熟的鉴赏力

文学趣味是影响文学欣赏和文学研究的决定性因素。一个人的文学修养集中体现在他的文学趣味上。趣味意味着选择和判断。一个有着雅正趣味的读者，会选择和欣赏那些真正的大师和第一流的杰作，而排斥那些虚假的“大师”和不入流的

① 见《“被悬挂起来的人”——〈带灯〉与当前的小说写作》。

劣作。也就是说，他会热爱司马迁、杜甫和《红楼梦》，会热爱莎士比亚、雨果和托尔斯泰，而不会对《何典》《肉蒲团》和《花荫露》这样的作品爱不释手，反复咀嚼，更不会将它们推荐给自己的儿子读。

一个有着良好的文学趣味的批评家，对作品的精神品质和审美价值，有着准确的认知和恰切的评价，能够洞烛幽微，一眼觑定，准确地判断它的良窳和高下，绝不会欣赏和赞美一部恶俗的作品，更不会对那些在艺术上无足称道的劣作大唱赞歌。我们时代的文学教学和文学批评的危机，很大程度上就是文学趣味的危机。我们时代的为数颇夥的学者和批评家，几十年如一日，一往情深地，不屈不挠地欣赏和赞美那些极其拙劣和粗俗的作品。这令人无法不对他们的文学趣味产生深深的怀疑。唉！他们会把自己的学生和不是自己学生的后生们带到沟里去的呀！

文学趣味的形成，是一个艰难的过程。经典是培养趣味的学校。只有对第一流作品的广泛而深入的阅读，才能培养起雅正的趣味。然而，经典阅读经验的匮乏，却是我们时代的文学教育中存在的普遍问题。它所导致的后果，不仅表现在我们的文学趣味的低下，而且还严重地影响了我们的批评意识和批评方法。在某些批评家的批评文本里，我们几乎看不到经典的影子。他们很少以经典做尺度和参照，来解读和评价当代作家的作品，而是满足于在一个“自封闭”的单一结构里，对一部刚刚出版的作品不吝赞词，大吹法螺。

与那些低下而邪僻的文学趣味比起来，王鹏程的文学趣味是雅正的，鉴赏力是成熟的。这表现在他对《骚动之秋》的批评上，对余华的《第七天》的批评上，尤其彰明较著地体现在对贾平凹的《废都》《秦腔》和《带灯》的批评上。他视这些作品为"失败之作"，并且通过细致的文本分析，准确而深入地揭示了它们的问题，显示了自己在文学趣味上的倾向和境界。

中国的文学评奖，素来名堂很多。《骚动之秋》的获"茅奖"，就是很有名堂的事情。在王鹏程看来，《骚动之秋》属于不折不扣的平庸之作："《骚动之秋》荣获茅盾文学奖之初，我曾草草翻过，感觉平平。当时就诧异，这样平常乃至平庸的小说竟然摘取了中国长篇小说的最高奖项。前不久看了胡平先生的文章才豁然明白，《骚动之秋》获奖并不是从艺术水准出发，而是从弘扬主旋律出发，综合各种因素妥协的结果。"[①]而这部小说的致命问题就在于，"由于作者不是按照生活的逻辑来反映这一段生活，而是按照意识形态限定的东西或者提纲上规定的东西去展开叙述，因而人物被事件淹没，形象模糊，缺乏性格刻画和心理描写，情节生硬幼稚，不近情理，甚至有编造的痕迹。"[②]这样的否定性判断，尖锐，不

① 王鹏程：《简论〈骚动之秋〉》，《新文学评论》2013年第1期。
② 见《简论〈骚动之秋〉》。

留情面，但却来自细致的文本分析，基于批评家的雅正的文学趣味。

余华属于经验和思想都比较贫乏的“先锋”作家。他的小说写作可归入“硬写”一流，一贯存在机械而僵硬的问题，常常显得不够朴素亲切，甚至有悖人情事理。他的《第七天》的魔幻叙事，像中国的大量装神弄鬼的“魔幻主义”写作一样，不过是救济其写作之穷而故弄的狡狯罢了。王鹏程从整体上质疑和否定了中国式的“魔幻写作”：“就中国当代小说而言，这种探索可以说是失败的。魔幻现实主义的幽灵在中国文坛徘徊的三十余年，产下的是葛川江最后一个渔佬，是鸡头寨的丙崽，是西藏隐秘岁月的‘天葬’，是《生死疲劳》中驴、牛、猪、狗的折腾……二十世纪八十年代之后中国小说林林总总的魔幻，始终没有走出拉美魔幻现实主义的魔掌，中国的小说家如同五行山下的孙猴子，亦步亦趋，直不起腰来。”[①]至于余华和他的写作，王鹏程也很不满意，很不信任：“余华是一位非常聪明的作家，也是一位极富叙事才华的作家，同时也和当代不少小说家一样，深陷生活、文化资源同质化的泥淖。这样的作家我们有很多。我们缺乏那种老实的、笨拙的、能将精神之锚扎入时代五脏

① 王鹏程：《魔幻的鬼影和现实的掠影——评余华的〈第七天〉》，《中国图书评论》2013年第9期。

六腑、能够吐纳时代的极富深度的作家，而不需要那种浮光掠影、在生活水面上翩翩起舞的作家。浮躁腐烂的现实需要作家不留情面地刺穿，同时也需要作家经过咀嚼、反刍和消化之后，将他们自己的想象力和精神气息灌注其中。杰出的小说应当像一坛好酒那样通过蒸馏、窖藏，而不是像可乐或鸡尾酒那样迫不及待地予以勾兑可以完成的。当下狗咬乱麻般的现实，早已超越了小说家既往的知识积累、文化沉淀以及文学想象，即使小说家很难做出总体性的认识，最起码也应表明自己的生活态度、精神指向以及对现实的理解。”[①]他的含着讽意的批评，非常尖锐，但却持之有故，言之成理，不仅有助于我们认识余华的问题，也同样有助于我们认识当代很多与余华同为一类的作家的内在残缺。

审美趣味的低下和审美心理的病态，也是贾平凹的“消极写作”的严重问题。二十世纪八十年代以来，贾平凹一直就是一个“问题作家”。是的，他就是个问题又多又严重的“问题作家”。只有缺乏雅正的文学趣味和成熟的文学鉴赏力的人，才会否认这一点。贾平凹的写作，无论从美学格调来看，还是从伦理精神来看，都属于典型的“消极写作”[②]。他的小说创作，不仅存在结构混乱、语言粗糙、描写芜杂、开掘

① 见《魔幻的鬼影和现实的掠影——评余华的〈第七天〉》。

② 李建军：《消极写作的典型文本——再评〈怀念狼〉兼论一种写作模式》，《南方文坛》2002年第4期。

不深、自我重复[①]等许多问题，而且，还喜欢津津有味地描写屎尿等种种污秽事象，表现出严重的恋污癖倾向。尤其是他的《废都》，作为一部典型的“私有形态”的失败之作，简直可以被当作检测学者和批评家的审美趣味和文学鉴赏力的“蓝色试纸”。事实上，围绕《废都》的评价，已经形成了一个耐人寻味的冲突情境和对抗现象。解读这一情景和现象，无疑有助于人们了解我们时代文学生态的混乱程度和复杂情状，有助于人们认知这个时代诡异而驳杂的文学面影。

有时，我会想这样一个问题：假如伟大的别林斯基看到《废都》这样的作品，会有什么反应？会默尔而息，一声不吭吗？不会的！亲爱的维萨利昂，一定会怒不可遏，拍案而起。对他来讲，这样的写作，是缺乏教养的，是对读者人格和尊严肆无忌惮的冒犯。相信我，他一定会愤怒的，绝不会视若无睹，置若罔闻，更不会为他送上鲜花和掌声。针对玛尔林斯基的影响巨大而又浅薄庸俗的写作，别林斯基尖锐地批评道：“首先必须使动荡的思想稳定下来，使公众的审美口味得到澄清……必须给陈腐的概念打上被人一致唾弃的羞辱烙

---

① 细节的重复、情节的重复、构思的重复、视野的重复、主题的重复，已成贾平凹小说写作的痼疾。沈德潜说：“王右军作字不肯雷同，《黄庭经》《乐毅论》《东方画像赞》，无一相肖处，笔有化工也。杜诗复然。一千四百余篇中，求其词义犯复，了不可得。所以推诗中之圣。”（《原诗·一瓢诗话·说诗晬语》，252页）自我重复不仅是创作态度不够严肃的问题，也是对美学价值生成规律的无知和冒犯。

印，使憎恶一切具有生命、运动、力量和优点的事物的落后的敌人，甚至对社会中的庶民也失去影响，而他们今天是只能够把脆弱的威信树立在这一部分人身上的。”[①]他对自己时代的玛尔林斯基所表现出的愤怒和不满，完全可以看作是对生活在另一个国度和时代的贾平凹的愤怒和不满，更何况，玛尔林斯基小说写作中存在的问题，远远没有贾平凹的“消极写作”中的问题那么多，那么严重。

本来，对于《废都》这样的作品现象，我们需要表达一种理性的批评态度，需要对它的问题和残缺，进行认真的研究和尖锐的批评，然而，遗憾的是，对于这样一部问题严重的作品，我们的批评家大多见怪不怪，保持着沉默。另有一些人则如获至宝，陶醉在谀评的狂欢之中；还有一些人，十几年前对它深恶痛绝，十几年后却对它一往情深，其间的态度变化和尺度伸缩，显示着世态炎凉和人心丕变的微妙情状，实在令人错愕不已，叹为观止。

值得庆幸的是，因为有着雅正的文学趣味，因为坚守文学批评的良知和底线，王鹏程既没有选择沉默，也没有加入到谀评的狂欢之中。他没有被浊浪排空、气势汹汹的“挺《废》”潮流所裹挟。他有自己独到的观察和独立的判断。

王鹏程的趣味倾向，与《废都》所表现出来的趣味格

① 《别林斯基选集》第二卷，176页。

调，大相捍格，完全不对路。他说："《废都》甫一出版，褒者说其：'化合之功夫到家令人惊叹，可以说深得"红楼"、"金瓶"之神韵'。贬者说其'是明清文字的拙劣承接，是典型拼接的一个范本。'实际上，上述的褒贬，用《金瓶梅》中的趣语说，不是踩小板凳糊险道神——差着一帽头子哩，而是提傀儡儿上场——还少一口气哩。"[1]他对这部小说的不满甚至不屑，实可谓溢于言表。

从一开始，无良的书商和无聊的批评家，就将《废都》与《金瓶梅》扯拉到一起，相提并论，借以抬高《废都》的声价，吸引读者的眼球，招徕跟风趋时的消费者。然而，王鹏程却发现，这种自作多情、一厢情愿的比附，完全不能成立："读《废都》，若把它当作深得《金瓶梅》之神韵，便被它瞒过，把它当成《金瓶梅》的承续和拼接来看，亦被它瞒过。须把它看成对《金瓶梅》的拙劣仿制，才不被它瞒过。这并不是笔者心血来潮的呓语，而是在仔细研读之后得来的结论。"[2]接下来，王鹏程通过刑警勘查现场般的文本比较，通过对细节的大量梳理和分析，揭示了《废都》亦步亦趋地模仿《金瓶梅》的真相。他说："拆开《废都》，我们会发现它的精神气氛、整体结构、人物塑造、细节描写

① 王鹏程：《〈废都〉与〈金瓶梅〉之比较》，《名作欣赏》2009年10月上旬刊。

② 见《〈废都〉与〈金瓶梅〉之比较》。

和《金瓶梅》惊人的相似。”[1]一切拙劣的模仿之作，本质上都是做作和虚假的，不仅与自己的时代隔着不止三层，而且离他所模仿的作品，也隔着十万八千里远：“《废都》在作品的内容上，有着严重的与现代生活悖逆的、互相掣肘的并不合理的趋古倾向，我们更多的是看到三百多年前的清河县，而不是西京城。在讲述方式的一味誊写和照搬，更使我们怀疑应该与讲述方式水乳交融、不可剥离的内容的可靠性。除此之外，《废都》尽管摹仿，但并未得《金瓶梅》之‘文’心，《金瓶梅》结构铺张，文心细如牛毛茧丝，缜密周全而滴水不漏，往往草灰蛇线，伏脉千里，可以说是千岩竞秀，万壑争流，令人叹为观止。《废都》用大小段落连缀，欲将模仿之痕迹隐于无形，结果破绽百出，明眼人一眼就能看穿，而且在细节上常常重复。”[2]王鹏程从人物关系、细节描写、人物性格塑造等方面，具体地揭示了贾平凹对《金瓶梅》的近乎抄袭的拙劣模仿：

> 在女性人物的塑造上，《废都》和《金瓶梅》一样，也是以庄之蝶为中心的“贤妻美妾俏丫头”的模式，只不过去掉了潘金莲这个泼妇，但她和西门偷情的

---

① 见《〈废都〉与〈金瓶梅〉之比较》。
② 见《〈废都〉与〈金瓶梅〉之比较》。

情节则被移植到和李瓶儿对应的人物唐宛儿身上，关系大致如下：

牛月清——吴月娘　　唐宛（碗）儿——李瓶儿

柳　月——庞春梅　　阿　灿——宋惠莲

女性人物仅在名字上作了细小的变动，如把月娘改成月清，瓶儿和碗儿也是戏仿。更为重要的是在人物的命运上也如出一辙。《金瓶梅》以月娘为正房，《废都》中以牛月清为正宫；吴月娘好佛，牛月清虽不怎么好佛，但她有个神神鬼鬼的母亲。[①]

王鹏程最后的结论是："世界上没有完全相同的两片树叶，也难找出上述如此雷同的细节。这种惊人的相似，可谓没有半点的艺术创造而言。如果放在高考的作文试卷里，评卷老师肯定会以雷同试卷判为零分；放在学术论文里，则是明目张胆的剽窃，又何谈得《金瓶梅》之神韵？这样的依葫芦画瓢之作，竟被我们的有些评论家奉为神灵，足见我们判断能力的委琐和迟钝，也是文学的悲哀。"[②]事实上，贾平凹的"拟古"问题，不只是一个在技巧上简单模仿古人的问题，而是一个在整体上脱离时代的"反现代性"的问题，正像王鹏程所指

① 见《〈废都〉与〈金瓶梅〉之比较》。
② 见《〈废都〉与〈金瓶梅〉之比较》。

出的那样："我们的时针是向前走的，作者的指针是向后退的。"[1]这就是说，《废都》只具有皮毛上的时代性，只在极为有限的层面上反映着某一类知识分子的精神危机；它本质上是作家自己写给自己的"遗情书"，是他自己对自己的自艾自怜的话语抚摸和自我陶醉的精神抚慰。

王鹏程的《〈废都〉与〈金瓶梅〉之比较》是一篇写得沉着有力、缜密扎实、痛快淋漓的评论文章。此文不仅显现着敢于坦陈己见的勇气，还表现出很是不俗的才华。它是《废都》批评中的具有"终结者"性质的文章——此文一出，可关后来借《金》捧《废》者之口，至少，会使那些伪批评家再将《废都》与《金瓶梅》相比并的时候，生出些许的不安和愧怍吧？

唉！替嗜痂成癖者殷勤递纸巾，其去污秽，无乃太近乎？何不出而呕之，掉臂而去，从此读干净的书，写干净的文，做干净的人？

三、充分的事实感与坚确的实证能力

文学批评不是任性的话语游戏，而是一种严肃的科学活动。科学意味着客观性，意味着对事实的尊重。有的人将文学与科学对立起来，将审美与理性对立起来，从而给自己设置了

① 见《〈废都〉与〈金瓶梅〉之比较》。

一个可以纵情发论、言不及义的自由语境。他们的文学批评实在太离谱了，缺乏最起码的事实感和科学精神。再拙劣的作品，他们都敢将它捧为经典；再差的作家，他们都敢将他捧为大师。在当下的文学研究和文学批评中，我们看到了太多的近乎儿戏的胡闹和妄为。现在，到了郑重地强调文学研究和文学批评的科学性的时候了。

客观性和事实感是王鹏程自觉服从的批评原则。徒发申申而詈的空洞议论，在王鹏程的文学批评中，显然是悬为厉禁的。他的几乎每一个判断，都有事实的支持，皆来自作品内部的可靠的细节和事象。他很少拟一个云遮雾罩的题目，然后恣情纵意地进行无效的话语空转式的游戏。他有自己的态度，但他努力不让这种态度弥散成一种情绪，从而将批评异化为攻击的利器。所以，阅读王鹏程的文学评论，你常常会有这样的印象和感叹：论证如此严密，论据如此充分，判断如此妥实，几令反驳者无所措其手足！

《沈从文的文体困境——从新近发现的长篇小说残稿〈来的是谁？〉谈起》《〈剑桥中国文学史〉“一八四一——一九四九”部分错疏举隅》《〈被开垦的处女地〉在中国——传播与影响的考察》《〈创业史〉的文学谱系》《秦腔对陕西当代小说的影响——〈创业史〉〈白鹿原〉〈秦腔〉为例》《〈白鹿原〉的修改及版本问题》等文章，就很能证明王鹏程在文学研究文学批评上求实的自觉意识和成熟能力。

沈从文晚年的弃文改行，是一个很有解读价值的问题。流行的看法是，正是外部的严苛压抑剥夺了沈从文的写作自由和权利，中止了他正在上升的写作历程。然而，王鹏程却通过对沈从文一九五〇年代前后的写作状况的系统考察，尤其通过对写于一九七一年的长篇小说残稿的解读，得出了另外一种更为可信、更有说服力的结论。

王鹏程发现，早在《边城》里，沈从文"已经透露出'抽象抒情'的艰难和疲倦，譬如，在描绘地方上风土人情的时候，作者多次直接插话，表示热烈的赞叹。一个作家不断用自己的称赞来加强他对某样事物的描绘，这是否说明他在捕捉对那事物的诗意感受上，多少有点力不从心了？"[①]到了创作《长河》的时候，问题就更加严重，作者已经失去诗意地描写和抒情的能力，"再也没有对'诗意栖居'的向往，充斥其大脑的是解剖和描绘现实，以及概念化的对愚昧、落后、腐败的不齿和厌恶。作者虽然也描绘风物，但总爱孜孜不疲的议论；想'史诗'般的表现湘西的'常与变'，但老揪住'新生活运动'不放，并不惜笔墨，刻意的用调侃嘲弄的笔调增加幽默风趣，仍遮掩不住文体僭越之后的困窘"[②]。也就是说，沈

① 王鹏程：《沈从文的文体困境——从新近发现的长篇小说残稿〈来的是谁？〉谈起》，《湘潭大学学报》（哲社版）2010年第4期。

② 见《沈从文的文体困境——从新近发现的长篇小说残稿〈来的是谁？〉谈起》。

从文的写作，实际上早就陷入困境了。

从一九五〇年五月开始，沈从文七易其稿，于一九五二年完成了纪实小说《老同志》，“他之所以认真的写作，并求老友丁玲帮其推荐发表，实际上是想通过这篇作品进行思想改造已经彻底的‘表态’”①。动机如此复杂的创作，注定不可能成功。王鹏程通过对沈从文一九四九年以后的写作历程的梳理，说明沈从文事实上一直在写作，但却始终没有什么起色和实绩。这其中固然有潜在的意识形态规约对他的个性的钳制，但是，他自己的才华和创造力的枯竭才是最重要的原因，按照王鹏程的结论来说，就是：“……纵观其自《边城》之后直至七〇年代的创作，沈从文确实面临着难以克服的文体困境，他自己也意识到这个问题是难以解决的，因而他在屡次尝试失败之后转向文物研究，取得的成就同样卓著可观。”②如此一来，人们就可以用更复杂、也更合乎事实的眼光来审视沈从文的“辍文改行”的问题了：“长期以来，沈从文辍文学而治文物常被学者视为建国后政治环境压抑作家创作自由的典型个案，人们不惜笔墨大发‘千古文章未竟才’的慨

---

① 见《沈从文的文体困境——从新近发现的长篇小说残稿〈来的是谁？〉谈起》。

② 见《沈从文的文体困境——从新近发现的长篇小说残稿〈来的是谁？〉谈起》。

叹，实在是不明真相，一厢情愿的强赋愁苦之词而已。”[①]这样的判断多么切实！多么有说服力！倘起沈公于九原，亦必以此为知己之论也。

中国作家特别迷信外国的汉学家和文学奖评委，特别在意他们如何评价自己。中国的“学者”和“批评家”的吹捧，已经不能餍足他们渴望更大荣誉和更多赞赏的胃口了。然而，他们似乎并不十分了解这样一个事实，那就是，外国人评价中国文学的有效性，其实也很是有限。因为，中国的文化积淀实在太深厚了，要真正理解它绝非一件轻松容易的事情。中国的汉字虽然很优美，但要真正掌握它，非自孩童时代起，便持之以恒地下十多年的苦功夫不可。单就这些方面来看，一个外国人半路出家，学习汉语，研究中国文学，无论他多么努力，到头来仍然难过文字关和语言关，最终难免仍然是一个看戏的矮人，一个墙外的过客，在理解中国文学的时候，难免仍然会隔着好几层。

剑桥的“中国史”研究素负盛名。然而，它所编写和出版的中国文学史，却问题不少，也并不那么值得处处信任。其中的细节性和常识性的错误，多到了让人吃惊的程度。我读它对司马迁的介绍和评价，几次忍不住哑然失笑。例如，它说司马迁的“那封私人信件”，即《报任安书》，“无论本来是写

---

① 见《沈从文的文体困境——从新近发现的长篇小说残稿〈来的是谁？〉谈起》。

在木牍还是竹简上篇幅都太长了”[1]。“太长了”？这叫什么话！两千多年来，中国一代又一代的读书人，只觉得太史公的这篇书信写得好，写得慷慨淋漓，令人神往，使人鄙吝顿消，没有一个人会嫌它写得长哎。然而，如此这般的匪夷所思的问题和不切实际的判断，在剑桥学者的这部卷帙浩繁的文学史中，可谓夥矣多哉。王鹏程的《〈剑桥中国文学史〉“一八四一——一九四九”部分错疏举隅》，就将它的不为人注意的问题，条分缕析，细细地罗列了出来。

王鹏程属于青年一代批评家中少见的具有朴学修养和实学气质的人。他对真相很感兴趣，对知识考古学非常痴迷。在这篇质疑外国权威的文章中，他的发达的事实感和老到的实证研究能力，得到了淋漓尽致的体现。在文章的开首，他这样说道：“孙康宜和宇文所安主编的《剑桥中国文学史》中文版问世以来，在学术界引起广泛关注和强烈反响。赞誉者掎裳联袂，商兑者亦不乏其人，就其贡献和遗憾均有肯定和检讨。遗憾的是都集中在古代文学部分，近现代部分（《剑桥史》将一八四一——一九四九年划为现代）几无涉及。限于也止于本人所学，仅就《剑桥史》‘一八四一——一九四九’部分存在的错

① 孙康宜、宇文所安主编：《剑桥中国文学史》（1375年之前）上卷，刘倩等译，三联书店2013年版，137页。

误、疵漏以及问题胪列并作讨论。”[①]王鹏程给自己找了一个非常琐细、且很有难度的工作。这不仅考验研究者的耐心，也挑战着他的学术储备。有此兴趣、且有此能力的青年学者，盱衡宇中，似亦“不多也”。然而，王鹏程却胜任愉快地完成了自己的写作任务。

王鹏程据实指出，《剑桥中国文学史》存在着事件、人物、时间、地点、构成、过程、缘起、结果等方面的细节性错误。这些错误不是个别的，而是大量的；不是无足轻重的，而是至关重要的。从这些“错疏举隅”中，我们可以了解外国人写中国文学史的难度有多大，也可以了解王鹏程自己的学问做得有多扎实。

例如，《剑桥中国文学史》在第四七二页这样介绍“桐城三祖”：“‘桐城三祖’戴名世（一六五三——七一三）、方苞（一六六八——七四九）、刘大櫆（一六九七——七八〇），都是安徽桐城人，自幼即被目为神童。”这里潜存的错误，若非对“桐城派”很有了解的人，是不大容易看出来的。王鹏程却一眼就看出了问题：“‘桐城三祖’为方苞、刘大櫆、姚鼐，学界已为惯常。方苞以‘义法说’、刘大櫆以‘神气说’、姚鼐以阳刚阴柔与神理气味格律声色说，共同奠定了桐城派散文的理论基础。三祖之说，盖源于方东

① 王鹏程：《〈剑桥中国文学史〉“1841-1949”部分错疏举隅》，《文学报》2015年11月5日。

树《昭昧詹言》：‘愚尝论方刘姚三家，各得才学识之一，望溪之学，海峰之才，惜翁之识，使能合之，则直与韩欧并辔矣。’另，对于戴名世是否为桐城派创始人，学界一直存在争论。窃以为，戴名世与方苞同为桐城籍，两人有密切往来，文学、学术观念相近，戴对方也有深刻影响。但不可忽略的有两点：一、戴名世死后，桐城派方形成；二、戴名世有强烈的反清意识，与桐城派对比鲜明。”[①]王鹏程不仅有根有据地指出了这部剑桥文学史在基本史实叙述上的错误，而且，还介绍了“三祖”对“桐城派”理论的特殊贡献，并根据自己所掌握的确凿信息，分析了戴名世对“桐城派”人物可能会有的“深刻影响”。

《剑桥中国文学史》的作者固然有他们的文学史写作原则，对中国的文学现象，也有着自己的认知和评价，但有时也难免因为隔膜而发一些完全不符合事实的议论。例如，他们认为《学衡》杂志旨在“‘昌明国粹、融化新知’，‘以中正之眼光，行批评之职事’。这些观点不过是晚清盛行的‘中学为体西学为用’口号的复苏”。

王鹏程在纠正了他们两次对《学衡》杂志成立时间的错误记忆之后，细致地分析了他们对该杂志宗旨的严重误读和简单臆断：“‘学衡派’的‘昌明国粹、融化新知’，以

---

① 见《〈剑桥中国文学史〉“1841–1949”部分错疏举隅》。

及‘以中正之眼光，行批评之职事’，不过是晚清盛行的‘中学为体西学为用’口号的复苏。这何其简单也。‘中学为体’主张以中国纲常名教作为决定国家社会命运的根基，‘西学为用’主张采用西方国家的近代科技，效仿其在军事、工业、教育、法律、税赋等方面的做法。‘学衡派’作为文化守成主义者，并不拒绝吸纳西方在道德、伦理、文学方面的成就。他们主张依靠伦理道德凝聚中国，是新文化运动主张的启蒙理性的反拨，对新文化运动偏激的某些方面进行了中肯的批评，是一种相对稳健的文化选择。这和主张‘中学为体、西学为用’的洋务派的历史语境和主张内容完全不同。紧接着，《剑桥史》又说学衡派成员‘身为启蒙知识分子’，前后矛盾，令人不知所云。”[①]比较起来，王鹏程的分析和结论，无疑更接近事实，因而也更为可靠，而《剑桥中国文学史》的作者们则抄袭旧说，向读者传递着错误的信息。王鹏程不仅还了一个被长期污名化的文化学派的清白，而且还有助于我们从根本上消除对理性的文化保守主义的偏见和敌意。

在今天这个学术风气普遍浮躁的时代，在这个审美趣味已经严重粗鄙化的时代，我们迫切需要王鹏程这样的思想深沉、趣味雅正、态度严谨的学者和批评家。

---

① 见《〈剑桥中国文学史〉“1841–1949”部分错疏举隅》。

王鹏程显然属于严肃的文学理想主义者。他热切期望我们的文学能更健全地发展。他乐见中国文学的层楼杰观，显得更加坚实和美丽。

然而，他却分明看见，一些中国文学建筑的大梁，已经因为腐朽而歪斜；他分明看见，许多的卯榫之间，互相闹着别扭，各个从自己的位置脱离了出来。

于是，从王鹏程的批评文本中，我们可以读解出这样的思考和认知：只有更换梁柱，重新接榫，这些文学建筑才有可能端正而坚实，才不至于轰然倒塌。

王鹏程的几乎所有批评行为，都可视为对当代文学建筑换梁和接榫的维修。

我们应该感谢他的劳作，也希望有更多的人加入到维修文学建筑的工作中来。

武夷山交锋记

一

我喜欢在大自然中体验鳞潜羽翔、逍遥而游的乐趣，也喜欢听有趣味、有见解的人说话，喜欢跟谈得来的朋友一起探讨问题，尤其是文学问题，即使争得急赤白脸，也觉得快乐。正是因为这个原因，我才乐意在方便的时候，到风光秀美的地方，参加以文学为主题的会议。

在参加文学会议的时候，我偶尔会与我批评过的作家不期而遇。有些著名作家看见我，如遇寇仇，怏怏不乐，拂袖而过。“言人之不善，当如后患何？”我这是咎由自取，怨不得别人。但事情也有例外者——我第一次见到莫言先生，就领享了“不虞之誉”。

那是在二〇〇三年十月的第一届“杭州作家节”的晚宴上。由于飞机晚点，我和陕西作协的评论家邢小利进去的时候，陈忠实、莫言等作家已经在座了。我刚坐定，就听莫言问近旁的陈忠实：“这是李建军吧？”陈忠实说：“是。”只见莫言站起来，一边伸出手来，一边对我说：“读了你的几篇文章。写得很精彩！”我答道：“你能这么说，我很高兴！”莫言先生的谬奖，让我很是意外。他的《檀香刑》，我花了几天时间细细读罢，认为它不仅并不像某些人说的那么好，而且，还有很多问题，便写了一篇题为《是大象，还是甲虫》的长文，进行了细致的文本分析。文章在《文学自由谈》刊发后，引起较大的反响。莫言说的“几篇文章”，应该是包括这篇批评《檀香刑》的文章在内的。当然，此后，一起活动多日，我们再也没有说过一句话，即使擦肩而过的时候。

两年过去，二〇〇五年十一月二十七日，因为参加《北京文学》在武夷山举办的“全国中篇小说年会”，我又见到了久违的莫言先生，只是这次不是在饭桌上，而是在飞机上。有一点跟上次一样，那就是，我又比莫言先生迟到了。不过，这次距离更近：我们坐在同一排。然而，这一次，莫言先生没有客气地伸出手来，也没有称赞我的文章写得好，而是，还没等我坐稳，就笑嘻嘻地质问道：“李建军，听人说你最近在南京又骂我了？”我说：“什么叫骂你呀？”他又说：“我最近要出一本书，我对我的责编说，一定要好好校对，千万不要让那个李建军又挑出什么毛病来。”我诚惶诚恐，无话可说。他又问我：“李建军，你读过我的《酒国》和《天堂蒜薹之歌》吗？你不是提倡现实主义吗？难道我的这些作品里没有现实主义吗？”我答道：“不读你的作品，我怎么研究你？”关于现实主义，我没有多说，因为这个话题，恰好就是我想在这次会上着重探讨的。过了一会儿，飞机起飞，我隐约听到莫言对挨着他坐的《北京文学》的编辑说：“不知道李建军写出一部小说来会是什么样子？”气流干扰，飞机颠簸，我有点晕，不如睡去。

二

翌日清晨，早早起床，独自爬山。潮湿的空气里，散发着草木的带些甜味的清香。远处山腰间，薄薄的雾岚缓缓地升起，使山生动起来，令人悠然意远。四周静静的，除了偶尔听到几声鸟鸣，没有别的声音。但武夷山的独特，不在这些地方，而是独石成山。是的，正是独石成山，使武夷山象征了一种精神：无所依傍，苏世独立。这是屈原在《橘颂》中赞美过的“受命不迁”“更壹志兮”的精神，也是真正的文学应该具有的自由、独立的精神。

蓬生麻中，不扶自直。在武夷山，就难免会受“独石成山”精神的影响。下午，轮到我发言时，我说：“有一句广为人知的话：共产党人不屑于隐瞒自己的观点。我不是共产党人，但我也同样不屑于隐瞒自己的观点。昨天，在飞机上，莫言先生说有人告诉他，我又在南京骂他了。我觉得批评一个作家，无论多么尖锐，都不能说是骂他，而是把他当做一个值得谈论的对象。”

接下来，我说：“我在南京的一个作家的讨论会上，批评某些当代作家和批评家过分看重西方的某些汉学家对中国文学的评价，这是不正常的。因为，在我看来，西方人的观点虽然也有价值，但是，从根本上讲，他们要深刻地理解中国的文化和文学，是很难的。这是因为，首先，汉语是一种‘深度语言’，没有口诵心唯、日积月累的慢功夫，是不可能掌握它的，而对一个外国人来讲，要想把自己的汉语水平提高到能够真正理解中国文化的程度，绝非易事——小畑熏良先生是很用功的汉学家，但闻一多先生还是批评他把中国读书人一看就懂的唐诗都译错了；其次，就是他们缺乏刻骨铭心的中国体验和沉郁悲凉的中国心情，因此，他们不可能悠然心会地认识到那些优秀的中国作家的价值，例如，他们就没有看到鲁迅和张爱玲的价值——从汉语的角度看，这两位大师的文学成就，绝不比任何一位获‘诺奖’的作家低；也不可能心照神交地欣赏孙犁、汪曾祺、陈忠实、阿城和路遥等——他们才是真正具有中国气质和民族风格的作家。他们奖赏的是那些符合他们对中国的想象的作品，法国‘女评委’为什么要把奖给《废都》，就是因为这样的作品，印证了他们对妻妾成群、颓废堕落的中国文人的想象，满足了他们对古老而又遥远的东方文化进行想象和评价的冲动。他们奖赏的是那些用西方的技巧表达西方人熟悉的情绪和体验的作家，像残雪、余华和莫言等，而这些作家，就其汉语修养和文学才华来讲，实在不过尔尔，但是，某些西方‘汉学家’却给了他们高得怕人的评价。美国的罗伯特·库维这样评价残雪：‘残雪是本世纪以来中国文学最有创造性的声音……简言之，一位新的世界大师在我们当中产生了，她的名字是残雪。’同样，在浙江文艺出版社二〇〇〇年出版的《莫言散文》的扉页上，赫然可见地印着这样一段美国的托马斯·英奇的‘权威评论’：‘莫言是世界级的作家，可能是鲁迅、老舍以来最有前途的中国作家。但这两位前辈的文学才华却不如莫言。’一个外国人，由于种种的阻隔和困难，说出这种话，是毫不奇怪的，因此，我们要给人家胡说的自由和权利。问题是我们自己要有自知之明，不能因为几句不着边际的好听话，就飘飘然起来。

“然而，令人遗憾的是，我们似乎缺乏自我认知的自信和冷静。我们过分看重外国人的评价和奖赏。‘诺奖’的一个马悦然‘评委’来到中国，就把莫言等一些中国作家的胃口吊得高高的，就让他们围着他团团转。我们应该少关注一些外国人怎么评价自己，多关注自己时代的现实和问题。我们这个时代，是一个前现代向现代转型的时代，有很多沉重的问题压在我们心上，压得心都要碎了。按理说，这是一个最容易出现伟大作家和伟大作品的时代。但为什么没有出现呢？因为我们的时代和文学缺乏对现实、对痛苦的关注。我们的作家更多地停留在欲望、物质享乐和狭隘的个人体验这样一个层面上，缺乏对重要问题的关注。我认为，就像雷巴科夫说的那样，文学的义务就是回答时代‘最艰难的问题’，但今天看来，这个‘问题’比较沉重，因为当下大多作家都在回避这个‘义务’。”

如何理解“现实主义”是我这次发言要谈的重点问题。针对当下文学创作现状，我认为，应该重新理解现实主义，并结合当代作家的一些作品，对现实主义做了详细阐释。在我看来，现实主义被严重地误解和误用了。在中国，它先是被附加上功利目的极强的意识形态限定语，被巧妙地转化为一种本质上非现实主义甚至反现实主义的异化物，最终使文学越来越缺乏现实感，越来越缺乏独立性和批判精神。进入“新时期”，出于反叛和崛起的需要，几乎所有那些“先锋”作家和“新潮”批评家，都不遗余力地贬低现实主义，借以显示自己的先锋姿态和叛逆精神。他们把现实主义当做“纯文学”的对应物，认为现实主义是“虚伪”的文学，认为它既缺乏表现“心灵”的深度，又缺乏充分的“文学性”，因而是与“审美”相对应的“功利”的代名词。随后发生的社会转型，又使现实主义遭受了“市场原则”和享乐主义价值观的损毁：“个人化写作”和“欲望化写作”不仅使我们时代的文学缺乏现实感，缺乏广阔的观照视野，而且还使它彻底丧失了介入社会的批判激情。最后的结果，正像阿拉贡在写给加洛蒂的《论无边的现实主义》的序言中所说的那样，由于“被过分使用”，“现实主义”已经成了“可耻的标签”，“极大地使这个词丧失了荣誉”。

然而，现实主义真的是一种消极的文学价值观吗？真的是一种不利于文学发展的窒碍性因素吗？不是的。因为，正像阿拉贡指出的那样，尽管“一些十分伟大的艺术家害怕它们（指‘现实主义’和‘现实主义者’），然而他们能垂名后世，却只是因为他们的作品里有着现实主义的东西”。他说得对。现实主义的确是一种影响文学的价值生成和写作的成败得失的积极力量。因此，我们有必要重新理解它。

现实主义一直被简单地阐释为一种“创作方法”。其实，创作方法只不过是现实主义的意义构成中的一个部分。从根本上讲，现实主义主要是指一种精神气质，一种价值立场，一种情感态度，一种与现实生活发生关联的方式。它是一种与冷漠的个人主义、放纵的享乐主义、庸俗的拜金主义及任性的主观主义格格不入的文学样态。

现实主义首先意味着一部作品必须是可亲的，应该充满人道主义精神，充满对弱势群体，对陷入逆境、痛苦和不幸境地人们的同情。如今一些作家的情感世界变得冷硬粗糙，缺乏心灵的细腻和温柔。比如《废都》，写得黑暗、阴鸷、狠毒，毫无对女性的平等意识和尊重态度，缺乏对生命的怜悯和爱意，根本没有表达出中国知识分子内心的痛苦和精神理想；莫言的《檀香刑》，则写得油滑、随意、放纵，充满对暴力的渲染和任性的想象，这样的作品是不可亲的，有些地方甚至是不人道的。

其次，一部现实主义作品，还应该是可信的，尤其要客观，要表达出巴赫金所说的普遍的“世界感受”。这种客观性要求作家赋予自己的想象以事实感。如今作家的想象力不是匮乏，而是过剩的、任性的、空洞的，缺乏对事实的观察和了解，缺乏对客观性的尊重。像《檀香刑》中的爱情就是不可信的，甚至是反人性的。我们要反对文学上的这种任性的主观主义态度。

再次，现实主义意味着批判性、反讽性。文学不是一种温顺的乖巧伶俐的东西，而是一种批判和质疑的精神活动，充满对权力和任何压抑性的力量的挑战勇气和反抗激情。但这种批判性在我们的作品中严重匮乏。我们巧妙地回避了很多东西，因为批判意味着要承受更多的痛苦甚至灾难。同时，另一个问题是，如今文坛给批判性作品留下的生存空间，也是非常窄小的。

此外，一部优秀的作品还应具有道德升华力量，具有思想启蒙性。现在很多作品不是像教师和牧师一样充满爱意和祝福感地去对待读者，而是像无赖、暴徒、小偷和教唆犯一样，让我们变得庸俗、堕落、无耻和凶暴。据《今晚报》的可靠报道，有一位叫张得军的未成年人在看完《废都》后，就欲火中烧，对其表妹郑百灵欲行非礼，后者在拼死反抗的时候，被恐惧慌乱的张得军活活地掐死了。面对这样的悲剧，难道我们还能恬不为怪地说作家没有责任吗？难道我们还能说有益于世道人心是对作家的无端的苛求吗？难道我们还会认为像《废都》和《檀香刑》这样的作品是值得赞赏的吗？

我还陈述了自己对批评的性质及批评家与作家的关系的理解。我认为，批评是一种极其复杂的精神活动，从事批评，则需要一种极其难得的才能和素质，因此，我从来不以“批评家”自居，只想做一个认真的、虔诚的读者。至于批评家与作家的关系，首先应该是一种对话甚至对抗关系。这种对抗是必要的，因为，只有经过对抗，我们才能及时发现问题，才能最终使我们的文学生态环境更加正常，更有利于文学的发展。

三

在我之后，莫言发言。

他说：“李建军说他不屑于隐瞒自己的观点，我想我也没有理由隐瞒自己的观点。我想谈的第一个问题是批评的标准问题。现在的评论家常常有几个批评标准。如果你是一个正直的，有良心的、有正义感的，而且是要高高举起正义大旗的评论家，应该也只能有一个批评标准，不能有两个标准。不能因为与张三好就不批评，与李四不好就批评；不能对有权力的人说好话，对没权力的人就说坏话。现在批评家到底有多少个标准，自己可以扪心自问。陈忠实跟你李建军关系好，给你帮过一次忙，你就写文章说他好，人家贾平凹跟你关系不好，你就到处骂人家，搞人身攻击。你在《花城》上写文章，说人家贾平凹‘不人不鬼，不阴不阳，不男不女’，这不是人身攻击是什么？还有一次在杭州的那个会上，你在陈忠实房间，对我的《四十一炮》的责编说：你不要让那些批评家吹捧莫言，要多研究陈忠实老师的作品。你说我的作品主观，难道陈忠实的作品就真的那么客观吗？”

在随后的抗辩中，我先是解释了所谓的“帮忙”，尽管这完全属于非文学话题而且近乎“人身攻击”和人格羞辱，但出于对莫言的尊敬，我还是给他做了解释和说明，随后，我这样反驳莫言：指责我不敢批评有权力的人，我已不是第一次听到。在我看来，文学上的权力，与世俗意义上的权力，是完全不同的两回事。文学的权力与世俗的权力不仅不同，而且还总是与它彼此排斥、互不兼容，因此，一个作家要想获得文学上的权力，就必须远离世俗的权力，正因为这样，我总是建议那些我尊敬的作家，不要当“作协主席”。当然，文学的权力也有可能异化，也有可能被转化为“媒体权力”和“市场权力”。在文学权力严重异化的时代，谁是最有权力的人？就是那些享有巨大声望资源的人，就是那些获得巨大的市场号召力的人，就是你莫言跟贾平凹这样的作家，所以，我认为，我批评你们，就是批评这个时代文学界最有权力的人。我跟陈忠实关系是很好，但这不是因为他有权力，而是因为他的人品，因为他是《白鹿原》的作者。是的，我很尊敬这个人，但这丝毫不影响我严格、尖锐地批评他的作品。你质问我有没有读过你的《酒国》和《天堂蒜薹之歌》，那么，你读过我的《宁静的丰收——陈忠实论》吗？你知道我是怎么批评陈忠实的吗？那是非常尖锐的批评，其尖锐程度一点也不下于对其他作家的批评。就我所知，陈忠实最初读到我的这本书，感觉并不好，但是，他知道我没有恶意，所以，他没有恼羞成怒，没有与我反目成仇，而是继续拿我当朋友，而且成了更好的朋友。至于你的那位“责编”传达给你的我要她“扬陈抑莫”的信息，是不准确的。真实的情况是，当我得知她是《四十一炮》的责编时，我就问她：这部作品真像有的评论文章说的那样，是“极品中的极品”吗？但我从未要求她让评论家“研究”谁，或者不“吹捧”谁，因为，我再不通世故，也不至于傻到要一位普普通通的出版社编辑去对批评家发号施令（莫言倒是知错就改，立即向我道歉：对不起，那就是我记错了）。

为贾平凹辩解，无疑显示了莫言对友谊的忠诚，显示了作家之间惺惺相惜的美好情感，但是，这种情大于理的辩解，其性质更接近于打群架，而不是旨在沟通的对话。事实上，我对贾平凹的批评，已经相当克制了：虽然从“变态心理学”的角度研究贾平凹是我很感兴趣的事情，但是，我还是抑制住了自己的冲动，还是严格地将自己的批评，限制在文本分析的范围之内。所以，到现在为止，我对贾平凹的批评，还是纯粹的文本批评，还是在揭示这样一个真相，那就是，他的小说作品写得很坏，很糟糕，而不存在“人身攻击”的问题。同时，莫言在为贾平凹辩护时依据的事实是不准确的，提供的信息则是不真实的：首先我的那些“不A不B”的话是对贾平凹作品的评价，不是对他这个人的评价。至于“不男不女”一词，是我后来在反驳某教授时才说的：这位贾平凹研究专家说，“不A不B”恰恰是贾平凹作品的优点，因为，它体现了贾平凹作品调和两种对立因素的风格特点，但是，在我看来，“不A不B”事实上是很难被简单地调和到一起的，例如，“不男不女”就不是一种兼具男人和女人优点的完美状态，而是一种令人讨厌的怪样子。至于《花城》杂志，惭愧得很，到现在为止，我还不曾在它上面发表过一个标点符号。莫言先生好像又“记错了”。

莫言对“某些批评家”表示了不满。他说：“我们现在的某些批评家好像一个高明的大夫，经常为作家进行诊断，甚至像写墓志铭一样，给许多在世作家盖棺论定。当然，这种盖棺论定也是可以的，但你至少要对作家所有的作品进行通读，不能仅仅因为一篇作品，一篇失败之作就全盘否定一个作家的全部作品。此外，现在一些评论家的批评根本不从文本出发，而对一些鸡毛蒜皮的东西进行调侃，关注的不是作家的作品，而是作家的人格，批评的不是文学的质量，而是作家的道德。一些批评家常常打着严肃的文学批评旗号，对作家人格方面的一些小问题进行攻击，这似乎有欠厚道，有悖于文学批评的庄严和神圣，也不符合一位伟大批评家的胸襟。”

我显然属于莫言先生批评的“某些批评家”，因为，尽管我不曾“像写墓志铭一样，给许多在世作家盖棺论定”，但我不仅确实曾明确表示当代文学问题多多，病情严重，须要救治，而且，还索性把自己在《小说评论》的专栏就题名为“小说病象观察”。至于批评的方法，我选择的也多是就单篇作品进行解剖的文本细评，而反对大而无当的“宏观”泛论。所以，从“现在一些评论家的批评根本不从文本出发”这句话看，莫言先生批评的似乎又不是我。但是，从“作家的人格”和“作家的道德”看，他批评的确实就是我，因为我在自己的批评文章中曾多次谈到作家的“人格境界”和“道德情调”的问题。

关于“人格”和“道德”，莫言的观点肯定是站不住脚的，因为，“文学的质量”与作家的“人格”和“道德”是有着密切的关系的，这一点，歌德和王国维都有精彩而深刻的论述，无须赘述。总之，在我看来，如果“作家人格方面的一些小问题”，在写作中，或者在时代的文学生活中，造成了极其严重的后果，成了不容回避的问题，那么，无论打着什么样的“旗号”对他“进行攻击”，都与“有欠厚道”，扯不到一起。反倒是贾平凹在我批评了他的失败之作《秦腔》之后，对我进行了非常恶劣的人身攻击和人格侮辱，我想，这一事件，莫言先生是不会不知道的——你在责备“批评家”不该对“作家”进行“人身攻击”的时候，却对“作家”施之于“批评家”的恶劣之极的“人身攻击”，置若罔闻，视而不见，这实在是“有欠厚道的”，也不符合一位伟大作家的“胸襟”。

古人云：听其言，观其行。根据莫言先生在武夷山的言行，我有理由认为，他显然不喜欢我的细致的文本批评。他那次在杭州对我的赞扬，也完全是出于教养和礼貌，而并不真的认为我的文章写得“精彩”。他对我批评《檀香刑》的文章不仅并不满意，而且还耿耿于怀。因为，在接下来的发言中，他就对自己的《檀香刑》进行了“捍卫”。他说：“一个作家要关注底层、表现爱心是没有错的，但怎么表现爱心，怎么表现人道主义，每个作家都有自己的方式。何况任何一个文本，都有自己的多义性，好的文本更具有多义性，而不是像‘文革’时期的作品那样只有一个透明的主题。《檀香刑》是一部小说化的戏剧，或戏剧化的小说，是一个比较特殊的文本，我个人认为其中充满人道主义精神。此外，批评家要遵守一个起码的常识：不能把小说中的人物心态和作者心态等同起来。我写了一个刽子手，难道我就是一个刽子手吗？”

四

由于在很多地方，我都讲过莫言所说的这些问题，所以，我在会上并没有直接反驳他。但是，现在仍然有必要指出，莫言似乎没有搞清楚这样一个问题：“多义性”不是遮羞布；它指的是审美意味的丰富性，而不是毫无价值指向的混乱和相对主义，因此，如果一部作品的基本的情感，本来就是病态的、反人道的，它的思想原本就缺乏可靠的价值支点，就是一团乱麻，那就不是用多义性便可为他回护和开脱的。

“文革”作品的根本问题并不是过度“透明”，而是缺乏对人性的全面的理解和正常的表现。至于那个“起码的常识”之外，还有一个更为“起码”的“常识”，那就是，作家在塑造人物形象的时候，也在塑造自己的形象，这使我们有理由把小说当做两个世界的统一体：它既是客观的物象（就它塑造人物和再现外部真实而言），又是主观的心象（就它表达作者对生活的理解和对人物的态度而言）；人物的愿望和态度当然并不一定就是作者的，但是，一部小说作品里，也必然表达着作者自己的审美趣味、道德立场和心情态度。因此，我们当然不能说《檀香刑》中的刽子手就是莫言，但是，我们在阅读过程中，明显能够感觉到，莫言在表现暴虐行为的时候，站得并不比他笔下的人物更高：他不仅对施暴行为进行虚假的描写和夸张的渲染，而且还像他笔下的人物一样，陶醉于对施暴细节和过程的咂摸和品味。我们据此可以断定，莫言在这部小说中表达的是怪异的、病态的消极快感，而不是温暖的、具有人性深度的人道主义情感；据此，我们还可以断定，《檀香刑》中的人物也是莫言任性的想象和怪异的情感的牺牲品：他把人物变成了一个扭曲的影子，变成了一个苍白的符号。

针对我批评西方某评论家的不着边际的“权威评论”，莫言解释说：“对于这个评价，我还不至于弱智到把它当真。为什么会出现在我的书里呢？这完全是出版社的炒作，我也愤慨无奈。”随即，他反问道，“反过来问，难道你们批评家出书就没有炒作的手段？难道那本‘五博士《与魔鬼下棋》’中的五人就全是博士吗？”——莫言总是在细节上出错：《与魔鬼下棋》一书的作者有十多位，而不是“五位”。他凭着随意的联想把这本书的副题“五作家批判书”，当做“五博士与魔鬼下棋”了。

我觉得，这样的反唇相讥缺乏反省精神。确实，无论是

《莫言散文》，还是《与魔鬼下棋》，都有炒作的问题。但是，如果细究起来，后者的问题是由媒体的不准确的报道造成的，具有容易识察的特点：这本书的十多位作者谁是博士，谁不是博士，是一个不需要费多大劲就可以搞清楚的问题，但是，托马斯·英奇的“权威评论”却有极大的蒙蔽性和误导性，因为，对相当一部分当代作家、批评家和读者来讲，西方的强势文化的影响力是极其巨大的。例如，贾平凹在获得法国的“女评委奖”之后就别别扭扭、得意洋洋地说：“我现在的想法是，这个奖在法国，法国是个小说大国，它毕竟对校正这本书的误读有好处，为更多一层人去读，供作者产生一份写作的自信。”在贾平凹这样的作家的眼中，获得一个“小说大国”的奖赏，就可以“校正”中国人的“误读”，而他也就可以有恃无恐地凭着十三位法国女性提供的“自信”继续胡编乱造。所以，虽然《与魔鬼下棋》也有问题，但《莫言散文》上的“权威评论”的问题显然更加严重，更具有危害性，更应该引起人们的警惕和反思。

遗憾的是，莫言并没有就此止步。接下来，他扬扬自得、从容不迫地讲起《与魔鬼下棋》中的一位叫蒋泥的批评家的人格如何可疑：“就是李建军的这位小兄弟，不仅不是博士，好像连硕士都不是，还差一点被‘军艺’开除。过去，就是这个蒋泥，曾经到我家里，口口声声叫我‘莫言老师’，还写了一篇关于我的文章。本来我住的房子并不好，常年见不到阳光，可是在他的笔下，我的书房比五星级酒店还要豪华，还要宽阔、明亮。但他在《与魔鬼下棋》中，却写文章说我的原名叫‘管谟业’，把我的作品说得一钱不值。”

莫言的这种指桑骂槐、含沙射影不仅不“厚道”，而且很苛酷：似乎谁一旦叫过他“老师”，谁就永远要对他低眉顺眼、言恭貌谨，就只能说他的作品如何“伟大”，他的才华多么出众，他的人格多么高尚，而不能再怀疑他，更不能批评他，否则，就是做人“有欠厚道”，就是品质恶劣、道德败坏，就活该“差一点被开除”——这跟贾平凹对我“高调回应”时的腔调和手段，何其相似乃尔！按照莫言提供的信息，由于有了“差一点被‘军艺’开除”的污点，蒋泥的人格自然是不足观的，而李建军与这样的“小兄弟”在一起，则必然干的是“狼狈为奸”的勾当！我在随后的抗辩中回应道：“莫言，你的这些话，太令我失望了。你作为一个享有那么大声望资源和影响力的作家，怎么能以这样的态度对待批评。我想知道的是，你莫言一辈子就没有做过一件让自己事后想起来脸红的事，就没有说过一句事后让自己后悔的话吗？”

其实，我与蒋泥虽然是朋友，但他的经历我并不很了解，并不知道他还有过差一点被“开除”的事情。至圣孔子有言矣：“无友不如己者。”可不慎乎？然而，不问不知道，一问才明白：原来我的“小兄弟”的“差一点被开除”的灾祸，起于一篇批评“中学语文教育”的文章。在这篇言之成理的文章中，他细致地分析了中学语文教材所选的有代表性的“误人子弟”的文章，尖锐地批评了教材编选者的种种“胡说”：“这种胡说充塞了大、中、小学的几乎所有社会科学、人文学科里，在这样的环境中念书、上学，能不‘贫血’得面孔发白？”他最后痛心疾首地说：“我悲哀，为我们的时代悲哀！我无言，为大家的沉默无言！”原来如此。莫言如果知道事情的真相，还要这样说，那就连基本的同情心和正义感都没有；如果他完全不知道个中的原委，就拿出一个结果来谈论，那就是不负责任。

然而，莫言毕竟是有气度的，因为，他最后这样说：“渔民卖鱼的时候，给每个装鱼的桶里放一条狗鱼，鱼就死得少了。因为，狗鱼追得其他的鱼不停地跑，它们就会呼吸到氧气，就不会死了。我们需要‘狗鱼’一样的批评家。北京有个李建军，上海有个郜元宝，都是狗鱼批评家，都是我们需要的。如果批评家没有狗性，那就不是批评家了，那就连狗鱼都不如了。”

莫言的这段话里，有一个不妥的判断：郜元宝教授不是“狗鱼批评家”。他与王蒙先生对话，与贾平凹先生对话，与安妮宝贝对话，是一个事理通达的对话者，是一个心气和平的谦谦君子。那么，他为什么被莫言拉来与我“沆瀣一气”，也被当做“狗鱼”批评家呢？我百思不得其解。后来，终于搞明白了：原来郜教授曾在发表于《南方文坛》的文章中说过这样的话：《檀香刑》是一部可以用鼻子判断的作品，他实在不理解为什么有的批评家对它评价那么高？因为一句话而被封为“狗鱼批评家”，温厚纯良的郜教授实在是冤枉极了！

莫言的这段话里，还有一处不准确的表达：狗鱼不是追赶者，而是被追赶者。据一篇题为《鳗鱼因“狗鱼”而存活》的文章介绍，日本的北海道出产一种味道鲜美的鳗鱼。鳗鱼的生命非常脆弱，只要一离开深海区，要不了半天就会全部死亡。一位老渔民发现了使鳗鱼不死的秘诀，就是在整舱的鳗鱼中，放进几条叫“狗鱼”的杂鱼。鳗鱼与狗鱼是有名的“对头”。几条势力单薄的狗鱼遇到成舱的对手，便惊慌地在鳗鱼堆里四处乱窜，这样一来，反而倒把满满一船舱死气沉沉的鳗鱼全部激活了。这个故事的分析者告诉我们：“一种动物如果没有对手，就会变得死气沉沉。对人来讲，也是这样。一个强劲的对手，会让你时刻有种危机四伏的感觉，会激发起你更加旺盛的精神和斗志。善待你的对手吧，因为他的存在，你才永远是一条鲜活的‘鳗鱼’”。说得有理！

尽管莫言先生的话里不无调侃和挖苦的意味，但我基本认同他的说法：我们需要被鳗鱼式的作家群起追赶的“狗鱼批评家”。不过，我以为，这个比喻还是不够准确，还是让人有点别扭，因为，批评家毕竟不是“狗鱼”，而作家也不是“鳗鱼”。他们都是人，是比狗鱼、鳗鱼或其他任何动物都要智慧、有教养的人。既然如此，那么，还是让我们按照人类自己的行为方式优雅地生活，理性而文明地交流思想，平等而自由地沟通感情，既不要高自标树，动辄居高临下地从道德上贬低对方，或者从人格上羞辱对方，也不要低首下心、自轻自贱，把自己当做人家的吹鼓手或者马前卒。

既然对于文学来讲，批评家和作家之间的积极对抗，是有益而必要的，那么，就让我们在思想上交锋的时候，在人格上彼此尊重吧。因为，只有这样，我们才能避免把富有尊严感的思想对抗，降低为让大家蒙羞的精神伤害，才能避免成为某些媒体恶意“炒作”的“受害者”。我之所以写出这篇文章，很大程度上，正是为了纠正某家扮演仲裁者角色的报纸妄下雌黄时提供的错误判断、传递的可疑信息！

百家小集

总策划　肖风华　主　编　向继东

第一辑

朱　正　《那时多少豪杰》
钟叔河　《大托铺的笑话》
王跃文　《读书太少》
丁　东　《文化界遛弯儿》
谢　泳　《网络时代我们如何读书》
蓝英年　《那些人，那些事》
智效民　《教育在民国》
王彬彬　《有事生非》
陈四益　《衙门这碗饭》
邵燕祥　《〈找灵魂〉补遗》

第二辑

钱理群 《与鲁迅面对面》

萧 默 《秋风吹不尽》

单世联 《一个人的战斗》

王学典 《怀念八十年代》

十年砍柴 《历史的倒影》

傅国涌 《无语江山有人物》

来新夏 《邃谷四说》

陈行之 《灵魂是不能被遮蔽的事物》

第三辑

许纪霖 《小时代中的理想主义》

马 勇 《晚清笔记》

鄢烈山 《江山如有诗》

胡文辉 《拜金集》

李建军 《不成样子的扯淡》

*何怀宏 《趣味横生的时光》

*陈徒手 《过眼滔滔云共雾》

*王奇生 《一万年太久》

*葛剑雄 《京华识小》

*张梦阳 《沉思与游走》

*吴国盛 《科学史笔记》

*待出